Seeflimmern und Salzstangen

Die Autorin

Marie Winnefeld wurde am Rande des Teutoburger Waldes geboren. Seitdem sie lesen gelernt und entdeckt hat, dass aus den Buchstaben des Alphabetes Wörter, Sätze und letztendlich Geschichten entstehen, fasziniert sie das geschriebene Wort immer wieder neu. Irgendwann versuchte sie sich selbst in dieser Kunst und schreibt heute Lyrik, Kurzgeschichten und Romane.

Nach einer kaufmännischen Ausbildung hat Marie Winnefeld ein paar Semester Psychologie absolviert, als Managementassistentin gearbeitet und in Heidelberg Betriebswirtschaft studiert. Heute lebt sie in Osnabrück.

Das Schreiben dient Marie Winnefeld als kreativer Ausgleich. Über zehn Jahre lang hat sie Amateur- und Improtheater gespielt und nutzt diese Erfahrung, um lebendige Romanfiguren zu entwickeln.

Marie Winnefeld

Seeflimmern und Salzstangen

Roman

Bibliografische Information der Deutschen Nationalbibliothek:
Die Deutsche Nationalbibliothek verzeichnet diese Publikation in der Deutschen Nationalbibliografie; detaillierte bibliografische Daten sind im Internet über http://dnb.dnb.de abrufbar.

Deutschsprachige Erstausgabe Februar 2019
© 2019 Marie Winnefeld

Covergestaltung: Wolkenart - Marie-Katharina Wölk, www.wolkenart.com
Unter Verwendung folgender Bilder: ©Tatiana Kasyanova,
©David M. Schrader, ©Skylines, ©Sjale, ©kzww - Shutterstock.com
Korrektorat: Christiane Geldmacher, www.textsynditkat.de
Herstellung und Verlag: BoD – Books on Demand, Norderstedt
1. Auflage
ISBN: 978-3-74816-384-8

Für F.

1

*L*isa Freys neuer Lebensabschnitt begann an einem kalten Tag im Februar auf einem Campingplatz. Stolz stand sie vor ihrem neuen Mobilheim und lächelte. Gestern war ihr Traumhaus geliefert worden und hatte nun seinen Platz im Luchs-Camp. Das Mobilheim sah aus wie ein richtiges kleines Haus. Es war in einem Stück angeliefert worden und die Techniker hatten einige Zeit gebraucht, bis sie es genau an der richtigen Stelle platziert hatten.

Das Grundstück des Campingplatzes grenzte an einen Wald. Direkt davor stand Lisas Mobilheim. Am See hatte sie keinen Platz bekommen, aber von ihrer Terrasse aus konnte sie die schöne Aussicht zum Wasser hinüber genießen. Ihr Stellplatz lag höher als der See.

»Gleich hab ich es«, hörte Lisa die Stimme des Elektrikers, der sich an den Kabeln zu schaffen machte.

Das Mobilheim war komplett mit allen Anschlüssen und Installationen geliefert worden. Gestern nach dem Aufstellen hatte die Elektrik nicht funktioniert. Hoffentlich bekam der Elektriker das Problem in den Griff – morgen wollte sie in ihr neues Zuhause einziehen.

»So, jetzt versuchen Sie mal, das Licht anzumachen«, befahl der Elektriker.

Lisa kippte den Schalter direkt hinter der Eingangstür.

»Es klappt«, rief Lisa erfreut.

Der Elektriker kam zu ihr und rieb sich die Hände.

»Kalt heute.«

»Ende Februar kann man hier im Norden nichts anderes erwarten«, erwiderte Lisa.

»Ein bisschen Sonne fänd ich aber auch toll«, vernahm Lisa eine Männerstimme. Sie drehte sich um und sah einen Briefträger auf dem Fahrrad.

»Moin, Patrick«, grüßte der Elektriker.

»Moin. Ich hab auf dem Parkplatz dein Auto gesehen und dachte, ich schau mal, was du hier so treibst.«

»Arbeiten natürlich.«

»Seh ich.« Der Briefträger grinste und sah dann zu Lisa.

»Ich heiße übrigens Patrick, ich bring hier die Post.«

»Lisa. Ich bin neu auf dem Platz.«

»Die Campingplatzsaison geht ja noch nicht los. Da hast du ... ich darf doch du sagen, oder?«

Lisa nickte.

»Also, du hast noch ein bisschen Zeit. Im Sommer ist es richtig schön hier draußen.«

»Bestimmt, aber ich ziehe morgen ein«, erwiderte Lisa.

»Heizung hat das gute Stück ja. Wenn Sie schon mal ein Wochenende hier zubringen möchten«, sagte der Elektriker.

»Ich bringe die nächsten Jahre hier zu.«

Lisa lächelte den Elektriker an, der sie ungläubig ansah.

»Wie?«

»Ich werde hier leben, in meinen eigenen zweiunddreißig Quadratmetern. Meine Wohnung habe ich aufgelöst, die brauche ich nicht mehr.«

»Wieso denn? Sind Sie arbeitslos oder so?«

»Nein. Ich will nur meine Fixkosten reduzieren.«

»Fixkosten reduzieren?«, fragte er und kratzte sich am Kopf.

»Auf dem Platz leben viele Leute das ganze Jahr über. Wussten Sie das nicht?«

»Mensch, das weißt du doch«, mischte sich der Briefträger ein.

»Na ja, ich hab da schon mal was von gehört. Aber für mich wäre das nichts.«

»Warum nicht? Es ist doch schön hier«, sagte Lisa.

»Schon. Nur so ganz ohne Wohnung. Das geht doch nicht.«

»Warum geht das nicht?«

»Na, ich weiß nicht. Wo wollen Sie denn in dem kleinen Haus Ihre ganzen Sachen unterbringen?«

»Ich hab reduziert.«

»Reduziert? Wie die Kosten?«, sagte Elektriker lachend.

»Ja. Meine Wohnung in der Stadt kostet mich ungefähr das Vierfache und da muss ich noch zusätzlich einen Parkplatz für mein Auto mieten. Umsonst kann man ja heutzutage nirgendwo mehr parken.«

»Für mich wäre es trotzdem nichts.«

»Was ist denn was für Sie? Kredite abbezahlen? Extraschichten für das Haus schieben?« Lisa grinste ihn provozierend an.

Patrick presste die Lippen aufeinander.

»Na, Sie sind ja eine ganz Abgebrühte, was? Nee, nee ich hatte Glück, hab das Haus von meiner Oma geerbt.« Der Elektriker grinste.

»Stimmt, kann ich bestätigen. Er wohnt neben uns in Lengburg. Außerdem ist er mein Onkel«, informierte der Briefträger Lisa.

Lisa biss auf ihre Unterlippe und überlegte.

»Es kann nicht jeder so eine Oma haben.«

»Na, da haben Sie recht. So, ich muss jetzt los.«

Hastig packte er seine Sachen zusammen.

»Viel Glück mit dem Mobilheim. Wenn was Elektrisches ist, rufen Sie ruhig an«, verabschiedete er sich.

Patrick stieg auf sein Rad, doch bevor er losfuhr, sagte er: »Der war immer schon spießig, ist aber ganz nett. Ich find das total in Ordnung, wenn jemand hier fest wohnt.«

»Dann hab ich ja schon mal jemanden auf meiner Seite«, freute Lisa sich. Sie hakte aber vorsichtshalber nach: »Haben viele aus Lengburg was gegen die Bewohner vom Campingplatz?«

»Na ja, das ist … ach was. Mach dir da mal keine Gedanken.«

»Dein Onkel hat sich nicht gefreut, als ich …«

»Ich muss weiter«, fiel Patrick ihr ins Wort und trat in die Pedale.

»Viel Spaß beim Einrichten!«, rief er noch.

2

*L*isa fragte sich, warum Patrick es plötzlich so eilig hatte. Doch dann überwog die Freude darüber, dass der Stromanschluss fertig war. Vorsichtshalber probierte sie alle Lichtschalter und Steckdosen aus. Sie hielt es für unwahrscheinlich, dass nun, da im Mobilheim eine Stromzufuhr existierte, eine Steckdose oder ein Schalter nicht funktionierte. Sicher ist sicher, dachte Lisa.

Das Haus bestand aus einem Wohnraum mit Küchenecke, einem kleinen Bad und einem Schlafplatz im oberen Teil. Zweiunddreißig Quadratmeter waren übersichtlich. Lisa stand in der Mitte des Mobilheims und sah sich nach allen Seiten hin um.

Reflexartig öffnete sie ihren Rucksack und zog eine Packung Salzstangen heraus. Vor ein paar Monaten hätte sie zu ihren Zigaretten gegriffen und geraucht. Zum Glück hatte sie es geschafft, sich dieses Laster abzugewöhnen. Als Ersatz aß sie ständig Salzstangen. Die hatte Lisa immer schon gerne gegessen. Nun allerdings bewegte sie die Salzstangen manchmal wie eine Zigarette im Mund. Über diese Marotte machten sich ihre Freunde ausgiebig lustig. Mit der Salzstangentüte in der einen Hand und einer Salzstange in der anderen setzte Lisa sich auf einen Umzugskarton. Sie horchte in sich hinein. Ihr kamen keinerlei Zweifel. Sie hatte genau die richtige Entscheidung getroffen und war froh, dass sie sich auch von noch so gut gemeinten Ratschlägen vermeintlicher Freunde nicht von ihrem Plan hatte abbringen lassen.

Von der ersten Idee bis zum heutigen Tag war fast ein Jahr vergangen. Lisa konnte sich noch genau an alle Planungsetappen erinnern. Am längsten hatte die Suche nach dem richtigen Mobilheim gedauert. Dafür hatte sie sich viel Zeit gelassen und alles genau durchdacht. Bei der Planung eines großen Hauses oder einer Wohnung war es nicht so wichtig, dass jeder Quadratzentimeter optimal genutzt werden konnte. Standen insgesamt nur zweiunddreißig Quadratmeter zur Verfügung, musste alles wohl durchdacht und geplant sein.

Lisa war mit dem Ergebnis zufrieden. Sie legte die Tüte zur Seite, nur eine Salzstange steckte sie zwischen ihre Lippen. Ihre schwarzen Haare band sie zu einem Zopf zusammen, krempelte die Pulloverärmel hoch und ging zu ihrem Auto. Im Kofferraum warteten ihre Putzutensilien. Jetzt galt es erst einmal alles zu reinigen, bevor ihre Möbel kamen und sie ihre Umzugskartons holte. Viele waren es nicht. Sie hatte einiges aussortiert und vieles weggeschmissen, auch Dinge, von denen sie dachte, dass sie sich nie von ihnen würde trennen können. Dann war es doch ganz einfach gewesen. Hinterher hatte Lisa sich erleichtert gefühlt, als ob sie Ballast abgeworfen hätte – irgendwie frei. Frey ist gut, dachte Lisa und schmunzelte über das Wortspiel mit ihrem Nachnamen.

***

Am nächsten Tag parkte Lisa den gemieteten Kleintransporter so geschickt vor ihrem neuen Zuhause, dass sie die Kartons bequem ausladen konnte. Der Himmel meinte es gut mit ihr am Umzugstag. Strahlender Sonnenschein und kein Wölkchen zu sehen. Die letzte Nacht in ihrer alten Wohnung hatte Lisa unruhig geschlafen. Sie war gespannt, wie sie die erste Nacht im Mobilheim schlafen würde.

Lisa schloss ihr neues Heim auf und trug nach und nach die Umzugskartons hinein. Außer den Kartons standen nur ein Regal, ein Schränkchen sowie eine kleine Kommode im Transporter. Zum Neuanfang hatte Lisa ein neues Sofa und ein neues Bett gekauft. Beides würde in den nächsten Tagen angeliefert.

Die Bodenfläche ihres zweiunddreißig Quadratmeter großen Zuhauses war zwar klein, aber das Mobilheim war hoch gebaut. Über eine steile Treppe gelangte sie in den oberen Ausbau, in dem sich das Schlafzimmer befand. In jede Treppenstufe war eine Schublade eingebaut, die als Stauraum diente. Schlafzimmer war allerdings zu viel gesagt, es verfügte lediglich aus einer Bodenfläche von fünf Quadratmetern. Ihr neues Bett bestand aus einem Lattenrost und einer Matratze. Für die ersten Nächte hatte Lisa zum Schlafen eine Luftmatratze mitgenommen. Sie hätte noch bis Ende des Monats in ihrer Wohnung bleiben können, aber jetzt, da das Mobilheim stand, wollte sie unbedingt einziehen.

Erst mal einen Kaffee, dachte Lisa. Den ersten Kaffee in ihren eigenen vier Mobilheimwänden. Lisa öffnete einen Karton nach dem anderen. Im fünften Karton fand sie die Dose und alles andere, was sie brauchte.

Mit dem frisch aufgebrühten Kaffee setzte Lisa sich in die Eingangstür. Davor würde sie noch eine Terrasse bauen lassen. Lisa holte ihre Salzstangen aus dem Rucksack. Sie wusste, dass fast alle Frauen zum Kaffee Schokolade aßen, aber Lisa mochte keine Schokolade. Zum Kaffee vermisste sie immer noch die Zigaretten, das musste Lisa sich in diesem Augenblick wieder eingestehen.

Als sie eine Salzstange in den Mund schob, sah sie Greta und Hannes auf sie zukommen. Die beiden hatte Lisa vor acht Wochen, bei der Besichtigung des Platzes, kennengelernt. Sie wohnten seit Jahren auf dem Campingplatz. Ihre Mobilheime standen direkt am See.

»Hallo, Frau Nachbarin!«, rief Greta winkend.

Lisa winkte zurück.

»Hallo, liebe neue Nachbarn«, grüßte sie zurück.

»Na, bist du gut angekommen?«, fragte Hannes.

»Ja, aber ich bin noch beim Einräumen. Der Elektriker war vor drei Tagen da und hat die Kabel angeschlossen. Jetzt funktioniert alles prima. Heute schlafe ich zum ersten Mal hier, ich bin schon sehr gespannt, wie das wird.«

»Damals, am Anfang, als wir hergezogen sind, da mussten wir uns erst an die Ruhe hier gewöhnen. Im Gegensatz zur Stadt ist es hier total ruhig. Höchstens Ökolärm, sagt Hannes immer.«

»Die Spatzen fangen direkt beim ersten Sonnenstrahl an zu trällern«, bestätigte Hannes.

»Darauf freue ich mich schon. Meine Wohnung in der Stadt liegt zwar nicht direkt an einer Hauptstraße, aber Autolärm oder andere Geräusche hört man trotzdem.«

»Du, man muss aber auch aufpassen. Wenn ich länger nicht in der Stadt war, dann bekomme ich oft einen Schock, wenn ich nach Anbrück muss. Man gewöhnt sich schnell an die Ruhe hier draußen in der Natur«, erklärte Hannes.

»Ich arbeite in der Stadt, da passiert mir das wohl nicht so schnell, aber vorstellen kann ich mir das sehr gut«, sagte Lisa.

»Ich frag dich mal in ein paar Wochen«, erwiderte Hannes.

Greta lächelte Hannes an.

Lisa hatte sich bereits bei der ersten Begegnung mit ihnen gefragt, ob die beiden wohl ein Paar wären. Dass beide in getrennten Mobilhäusern lebten, hieß ja nichts. Auf Mitte bis Ende Sechzig schätzte Lisa die zwei, die fit und agil wirkten. Greta trug ihre langen weißen Haare zu einem Zopf zusammengebunden. Trotz ihres Alters hatte sie einen sehr lebendigen Gesichtsausdruck und wirkte sehr jung, das war Lisa sofort aufgefallen. Lisa färbte ihre grauen Haare, die ursprünglich pechschwarz gewesen waren. Leider hatten ihre Haare bereits mit Anfang Vierzig erste graue Strähnen gezeigt. Lisa traute sich nicht, zu ihrem Grau zu stehen. Mit Blick auf Greta fragte sie sich, warum sie das nicht hinbekam.

Eine Wohnwagentür klappte zu. Greta und Hannes sahen sich um. Schräg gegenüber von Lisas Mobilheim stand ein Wohnwagen. Ein junger Mann stand davor und setzte seinen Helm auf, bevor er sich auf eine Vespa schwang.

Lisa lächelte Greta an, die ihren Blick zu verstehen schien. Der junge Mann, der die Vespa startete, sah extrem gut aus.

Vor ihnen hielt er an. »Braucht noch jemand Brötchen?«

Hannes antwortete grinsend für alle: »Nee, Paul, um diese Zeit nicht mehr.«

Paul rauschte davon in Richtung Lengburg, die nächstgelegene Kleinstadt.

Die Wohnwagentür öffnete sich erneut. Eine attraktive junge Frau kam heraus und zündete sich eine Zigarette an.

»Dachte ich es mir doch«, bemerkte Hannes süffisant.

»Ja, ja, der Paul«, grinste Greta.

Lisa verstand die Bemerkungen sofort. »Wie? Wohne ich etwa gegenüber von Sodom und Gomorra?«

»Viel schlimmer!«, sagte Hannes mit gespielt entsetztem Gesichtsausdruck.

»Das musst du gerade sagen mein Lieber«, neckte Greta Hannes. »Also du in dem Alter ...«

Leider unterbrach Hannes Gretas Ausführungen und wandte sich zu Lisa. »Wenn du dich eingelebt hast, komm doch mal im Buchmobil vorbei.«

»Ja, gerne«, versprach Lisa.

Vom Bücherwohnwagen hatte sie bereits gehört. Er war eine Art Leihbücherei, die sich in einem alten Wohnwagen befand.

Als Lisa ihre Salzstangentüte zusammenknüllte, hörte sie die Vespa. Mit Brötchentüte unter dem Arm kam der junge Mann auf Lisa zu und streckte ihr eine Hand entgegen.

»Ich hab mich noch gar nicht vorgestellt. Ich heiße Paul. Da drüben steht mein Wohnwagen.«

»Lisa.«

»Herzlich willkommen auf dem Platz! Ich muss wieder rüber, aber wir sehen uns bestimmt.« Der gut aussehende Mann lächelte Lisa an.

»Viel Spaß beim Frühstücken.«

$\mathcal{D}$ ie ersten Nächte schlief Lisa fantastisch in ihrem neuen Mobilheim auf dem Campingplatz. Besser gesagt im Luchs-Camp, so nannten alle den Platz. Der Betreiber hieß mit Nachnamen Luchs, der offizielle Name der Anlage lautete Campingplatz Luchs am See. Daraus war irgendwann die Abkürzung Luchs-Camp entstanden.

Lisa fühlte sich wohl, und es kam ihr vor, als ob sie schon viel länger als eine Woche auf dem Platz lebte. Heute am Sonntag hatte sie ausgeschlafen und ausgiebig gefrühstückt. Danach hatte sie auf einem kurzen Spaziergang die Gegend erkundet. Das Waldgebiet, das an den Campingplatz angrenzte, eignete sich hervorragend dafür. Lisa nahm sich vor, in der nächsten Zeit längere Wanderungen zu unternehmen. Heute war sie dafür zu müde.

Stattdessen wollte sie dem *Buchmobil* einen Besuch abzustatten, um ein Buch auszuleihen. Auf dem Weg dorthin überlegte Lisa, was für ein Buch sie gerne lesen würde. Nichts Schwieriges auf jeden Fall. Am liebsten las Lisa Krimis oder Thriller. Ab und zu mal einen Liebesroman.

***

Vor dem *Buchmobil* saß Greta mit einer anderen Frau. Auf dem Boden lag ein großer Hund, der einem Wolf ähnelte. Die beiden waren in dicke Decken eingemummelt und jede hatte einen Becher Tee in der Hand. Für Anfang März war es ungewöhnlich warm, um aber ohne Decke draußen zu sitzen, war es noch zu kalt.

»Hallo, Lisa. Das ist ja schön, dass du vorbeikommst«, begrüßte Greta sie.

»Ich bin Silvia. Ich wohne da drüben«, sagte die Frau mit dem Hund und zeigte in Richtung Campingplatzeingang.

»Hallo, ich bin Lisa.« Sie schüttelte Silvia die Hand, blieb aber auf Distanz. Der Hund stand auf und Lisa sah ihn misstrauisch an. Er schien sie zu beobachten.

Silvia lachte. »Vor dem brauchst du keine Angst haben, das ist Wolfi, der tut niemandem was, auch wenn er auf den ersten Blick gefährlich aussieht.«

Lisa fürchtete sich eigentlich nicht vor Hunden. Bei Tieren, die sie nicht kannte, war sie aber vorsichtig. Wachsam streichelte sie Wolfi über den Kopf, was dem Hund zu gefallen schien.

Greta legte ihre Decke beiseite.

»Komm, ich zeig dir unser *Buchmobil*.«

Schon verschwand Greta im Wohnwagen. Lisa bestaunte die in bunten Buchstaben gemalte Schrift *Buchmobil* über der Tür und folgte Greta.

»Nun, hier stehen die Klassiker, liest kaum jemand. Dort findest du Romane, Krimis stehen drüben im Regal und richtige Liebesschnulzen – wenn man nicht groß denken will, die findest du da hinten«, erklärte Greta. Sie schien in ihrem Element. »Ich hab zuletzt dieses Buch gelesen, kann ich dir nur wärmstens empfehlen. Ist zwar aus der Kategorie Romance, aber gut geschrieben – und ein paar tolle erotische Szenen sind auch drin.«

Lisa grinste, woraufhin Greta sie freundschaftlich anstupste: »Muss doch auch mal sein, weißte.«

Lisas Wangen verfärbten sich rötlich. Schnell wendete sie sich von Greta ab und tat so, als ob ein Buch sie besonders interessierte.

»Ich lass dich mal in Ruhe stöbern.«

Lisa hatte in den vergangenen Monaten nicht viel Zeit zum Lesen gefunden. Das *Buchmobil* stand voll mit Regalen und sogar oben unter der Decke wurde jede Ecke genutzt, um Bücher zu verstauen. Lisa staunte, wie viele Bücher in einen alten Wohnwagen passten. Nach einigem Hin und Her entschied sie sich für das von Greta empfohlene Buch. *Warum nicht?*, dachte Lisa.

»Was kostet denn die Ausleihe?«

»Also, das ist ganz einfach – jeder bezahlt, was er möchte.«

»Wie? Jeder bezahlt, was er möchte?«

»Nun, jeder so viel, wie er kann und wie er will.«

»Was heißt das konkret? Muss ich zehn Cent oder zehn Euro bezahlen?«

»Zehn Cent bezahlst du, wenn du eine ganz arme Kirchenmaus bist, wenn es noch schlimmer um dich steht, bezahlst du gar nichts. Falls du gestern im Lotto gewonnen hast, bezahlst du zehn Euro.«

Lisa sah Greta und Silvia verwirrt an. »Sozialistische Bezahlung? Oder kommunistisch? Oder wie nennt ihr das?«

»Nein, nein, nix Politisches«, meinte Silvia, »nenn es einfach nette Bezahlung.«

»Okay, dann bekommt ihr von mir sagen wir mal einen Euro. Ist das in Ordnung?«

»Ja. Haben wir doch gesagt, die Büchse steht da vorne, einfach reinwerfen«, erklärte Greta.

»Setz dich doch auf einen Tee zu uns.«

Die Einladung nahm Lisa gerne an.

»Die meisten Bücher im *Buchmobil* haben wir nicht gekauft, das sind alles gespendete Bücher und die paar, die wir zukaufen, bezahlen wir von den Einnahmen. Außerdem veranstalten wir einmal im Jahr ein Fest mit Kaffee und Kuchen. Alles, was wir dort einnehmen, reicht für das ganze Jahr. Allerdings müssen wir auch ein bisschen für den Stellplatz bezahlen. Ganz umsonst darf der hier nicht stehen«, sagte Greta.

»War das deine Idee?«, fragte Lisa.

»Nicht direkt, die Idee kam damals praktisch zu mir. Der Wohnwagen stand lange leer und keiner hat sich drum gekümmert. Er gehörte einem alten Mann. Der verbrachte früher oft die Wochenenden hier, aber dann wurde er krank und ist verstorben. Nun, auf jeden Fall wollten die Erben den Wagen nicht. Dann sollte er auf den Schrott. Zufällig saßen wir alle beisammen und nach ein paar Gläschen Wein hatten wir die Idee mit der Bibliothek.«

»Tolle Idee.«

»Ja. Den Innenausbau, also alles raus, renovieren, Regale rein, das haben wir selber gemacht. Hat nicht viel gekostet.«

Mittlerweile hatten sich mehrere Camper zu den drei Frauen gesellt. Das behagte Lisa nicht. Sie wurde nervös und ein unangenehmes Gefühl breitete sich in ihrer Magengegend aus. Greta schienen die vielen Zuhörer nicht zu stören. Im Gegenteil, sie blühte auf und erzählte munter drauflos.

»Am Anfang hatten wir nur ungefähr fünfzig Bücher. Erst im Laufe der Zeit kamen mehr hinzu. Heute kommen sogar Leute aus Lengburg vorbei, um sich Bücher auszuleihen, weil das Sortiment der katholischen Bücherei drüben wohl nicht so ansprechend ist.«

»Du hast gleich das neue Lieblingsbuch von Greta ausgeliehen, oder?«, fragte jemand Lisa.

Lisa nickte nur und lächelte verlegen.

Alle sahen Lisa neugierig an. Dass es eine Neue auf dem Platz gab, hatte sich längst herumgesprochen.

»Hast du dich schon eingelebt?«, fragte eine Frau, die Lisa nicht kannte.

Lisa errötete und stotterte: »Ja … bisschen … danke.«

Doch die Frau hakte direkt nach. »Wo hast du denn das Mobilheim gekauft? Sieht toll aus. Ich hab es bei der Anlieferung gesehen.«

Lisa wurde noch nervöser und sah sich hilfesuchend um. Dann sprang sie von ihrem Stuhl auf und eilte davon. Sie hörte noch, wie Greta zu den anderen sagte: »Jetzt lasst sie doch erst mal ankommen.«

Lisa hielt sich an dem ausgeliehenen Buch fest und war erleichtert, als sie in ihrem Mobilheim ankam. Sie kannte ihr Problem nur zu gut. Früher hatte sie geglaubt, es würde vielleicht mit zunehmendem Alter besser, aber leider hatte sich diese Hoffnung nicht bewahrheitet. Sie war sauer auf sich selber, weil sie nicht eher reagiert und die Situation verlassen hatte. Genau das machte sie sonst immer. Lisa fühlte sich grauenvoll.

4

*E*inige Wochen später fuhr Lisa von ihrem Job in Anbrück nach Hause und dachte an den Vorfall am *Buchmobil* zurück. Lisa hatte das Ereignis überwunden, hatte sich aber vorgenommen, beim nächsten Mal besser auf sich aufzupassen.

Das empfohlene Buch von Greta las sich sehr gut, sie hatte es regelrecht verschlungen. Allerdings handelte es von viel Herz und Romantik. Das hatte Sehnsucht bei Lisa entfacht. Ihre letzte Affäre war eine Weile her. Von ihrem Lebensgefährten hatte sie sich bereits vor drei Jahren getrennt.

Lisas Tag im Büro war anstrengend gewesen und sie freute sich auf ihr Mobilheim. Dieser Effekt, dass sie sich auf ihr neues Zuhause freute, hatte sich schnell eingestellt. Darüber staunte Lisa immer wieder. So rasch hatte Lisa sich noch nie in einer neuen Umgebung wohl gefühlt. Heute freute sie sich besonders auf einen langen Waldspaziergang. Der Job als Sachbearbeiterin im Ingenieurbüro machte ihr Spaß. Sie arbeitete in Teilzeit, trotzdem bekam ihr das lange Sitzen nicht. Sie brauchte dringend Bewegung.

Zuhause angekommen, wechselte sie von ihren Büroschuhen in bequeme Wanderschuhe, packte eine Flasche Wasser in den Rucksack und marschierte los. Mittlerweile lag ein leichter Hauch von Frühling in der Luft. Morgens war es noch kühl, aber im Laufe des Tages erwärmte die Sonne die Luft.

Nach einer Weile gelangte Lisa auf einen Waldweg, den sie noch nicht gegangen war. Von Weitem sah sie einen Mann auf sich zukommen. Der Weg verlief schnurstracks geradeaus. Lisa beobachtete ihn und überlegte kurz, ob sie hier sicher wäre. Dann entdeckte sie einen Hund und war beruhigt. Hundebesitzer waren harmlos und gingen nur in den Wald, damit ihr Hund Auslauf bekam.

Als der Mann näher kam, stutzte Lisa. Er erinnerte sie an jemanden, nur wusste sie nicht an wen.

»Lexa, hierher!«, rief der Mann.

Der Hund hörte aufs Wort und lief zu seinem Herrchen zurück. Um was für eine Mischung es sich bei der Hündin handelte, erriet Lisa nicht. Sie schätzte, dass auf jeden Fall Golden Retriever mit drin sein musste. Die Färbung könnte zu einem Beagle gehören.

Der Mann nahm den Hund an die Leine und grüßte Lisa freundlich. Sie erwiderte den Gruß.

Beide gingen aneinander vorbei und drehten sich gleichzeitig um. Sie sahen sich an – für Fremde zu lange.

Er fasste sich als Erster: »Lisa?«

Lisa schaute den Mann verwundert an, hatte ihn aber längst erkannt: »Jan?«

Beide blickten in den Wald, anstatt sich anzusehen.

»Das gibt es doch nicht. Was machst du hier?«, ergriff Jan das Wort.

Lisa fand keine Worte.

»Erkennst du mich nicht?«

»Doch, doch.«

»Wie lange ist das jetzt her?«

»Ich weiß es nicht.«

»Dreißig Jahre?«

»Kann sein«, erwiderte Lisa ausweichend. Sie war sich nicht sicher, ob sie die Unterhaltung weiterführen oder besser gehen sollte.

»Bist du wieder hier? Ich dachte, du lebst in Süddeutschland?«

Dieses ›Bist du wieder hier?‹ hörte Lisa seit über zwei Jahren, seitdem war sie nämlich wieder hier. Alle, die Lisa aus ihrer Schulzeit kannte, hatte sie noch nicht getroffen.

»Nicht mehr.«

»Das heißt, du lebst wieder hier?«

»Ja. Seit zwei Jahren. Also ich hab in Anbrück gewohnt. Letzten Monat bin ich umgezogen. Ich lebe drüben im Luchs-Camp.«

»Du lebst auf dem Campingplatz?«

»Ja.«

»Du hast keine Wohnung?«

»Nein.«

Jan lächelte sie an.

»Ungewöhnlich warst du damals schon.«

Lisa bemerkte zwar das Lächeln von Jan, sah aber eine tiefe Furche zwischen seinen Augenbrauen. Sie dachte, dass dieses *ungewöhnlich* eine Umschreibung dafür war, dass er das total schwachsinnig fand.

Lisa wusste nicht, wie lange sie dieses Lächeln nicht mehr gesehen hatte, erinnerte sich aber noch gut daran. Es verfehlte seine Wirkung nicht – genauso wie früher. Jan sah noch genauso aus wie damals. Ein paar Falten im Gesicht und vereinzelte graue Strähnen im dichten, blonden Haar bemerkte Lisa. Der leichte Bauchansatz entging ihr nicht. Dennoch wirkte er sportlich.

Als ob Jan ihre Gedanken gelesen hätte, sagte er: »Du siehst gut aus.«

»Danke. Du auch.«

Beide sahen wieder zur Seite in den Wald, als ob sie dort irgendetwas suchten.

»Hast du Geldsorgen?«, fragte Jan.

»Was? Nein. Wieso?«

»Weil du auf dem Campingplatz lebst?«

»Ach so, nein, nicht direkt, das ist mein Rentenkonzept.« Lisa grinste ihn an und freute sich über Jans Gesichtsausdruck. Anscheinend hatte sie ihn aus dem Konzept gebracht. Das hatte ihr damals schon Spaß gemacht. Jan war in jungen Jahren bereits sehr selbstbewusst und zielstrebig. Einer von den Menschen, die immer genau zu wissen schienen, was sie wollen.

»Rentenkonzept?«, fragte Jan.

»Ja. Kann ich dir jetzt nicht so schnell erklären. Wie geht es dir denn?«

»Danke, ganz gut.«

»Na, dann.«

Eine Spannung hatte sich über ihre Unterhaltung gelegt, obwohl Lisa nicht genau sagen konnte, wieso oder worin sie bestand. Sie wusste nicht mehr, was sie sagen sollte.

»Du, ich muss weiter.«

»Schade! Aber schön, dass wir uns getroffen haben.«

Lisa griff in ihre Jackentasche, fand aber keine Zigaretten. Diese Handbewegung war ihr noch zu vertraut und sie hatte sich einige Male dabei ertappt. Jetzt hätte sie gerne geraucht. Stattdessen ging Lisa schneller, um ihre Aufregung unter Kontrolle zu bekommen. Mit so einer Begegnung hatte sie nicht gerechnet. Nach ihrem Umzug in den Norden war Lisa natürlich bewusst gewesen, dass die Gefahr bestand, Jan früher oder später irgendwo zu begegnen. Lengburg war eben eine Kleinstadt und Anbrück, eigentlich eine Großstadt, war nicht so groß, dass man nicht zufällig jemanden treffen konnte.

Allerdings auf ihrem Waldspaziergang hatte sie nicht damit gerechnet. Tausend Gedanken und Bilder schossen Lisa durch den Kopf. Wie er sie damals zum ersten Mal geküsst hatte und sie danach Nächte lang nicht schlafen konnte. Dieser nie enden wollende fantastische Sommer, in dem ständig die Sonne geschienen hatte. Davon unendlich viele wunderbare Stunden an einem Baggersee auf der anderen Seite von Lengburg. In ihre romantischen Erinnerungen mischten sich aber auch düstere Bilder …

$\mathcal{L}$ isa traute ihren Augen nicht. Sie war zur Salzsäule erstarrt und fühlte sich wie gelähmt. Dieses Mädchen neben Jan, das seine Hand hielt und ihn anlächelte. Vor einer Woche hatte Lisa genau an der gleichen Stelle Jans Hand gehalten. Das konnte doch nicht sein!

Neben Lisa stand plötzlich ihre beste Freundin Beate.

»Das hab ich dir gleich gesagt, dass der nicht lange bei dir bleibt.«

Lisa versuchte zu antworten, bekam aber keinen Ton heraus. Sie wollte ihr sagen, dass sie nur neidisch war. Und ihr das Glück nicht gönnte, dass Jan sich für sie interessierte. Aber ihre Stimme schien verschwunden zu sein. Der Anblick des Mädchens, das neben Jan auf dem Schulhof stand, verletzte Lisa tief. Es konnte nicht sein, dass Jan so kurze Zeit nach ihr mit einer anderen zusammen war. Jan beugte sich zu dem Mädchen hinunter, es war kleiner als Lisa, und küsste es.

Beate grinste schief.

»Was hast du dir da bloß eingebildet! Der Kröger und du?« Beate lachte höhnisch.

Unvermittelt stand die gesamte Klasse um Lisa herum und lachte mit.

Schreiend wachte Lisa auf. Der Schweiß lief ihr am Körper herunter. Sie brauchte ein paar Sekunden, um in der Realität anzukommen. Es war stockfinster und sie suchte nach dem Lichtschalter. Alle Handgriffe waren in ihrem Mobilheim noch nicht automatisiert. Nachdem sie den Schalter gefunden hatte, saß sie aufrecht im Bett und schüttelte den Kopf. *War ja nur ein Traum*, dachte sie. Lisa ging zum Kühlschrank und trank ein Glas Wasser.

In dieser Nacht schlief sie nicht wieder ein. Sie stand im Morgengrauen auf und setzte sich auf ihre Terrasse, die mittlerweile fertig gestellt worden war. Vor ein paar Tagen hatte der Tischler die letzten Arbeiten erledigt. Heute Morgen konnte Lisa sich nicht über ihre neue Terrasse freuen, sondern saß teilnahmslos an dem Bistrotisch und stocherte mit dem Löffel im Kaffee herum. Neben der Tasse lag ihr Sudokuheft, aber selbst ihr Lieblingsrätsel lenkte sie heute nicht ab. Lisa löste bücherweise Sudokus, sie konnte dabei sonst wunderbar abschalten – heute nicht. *Wenn das Leben nur so logisch wäre wie ein Sudoku*, dachte Lisa. Ihre Gedanken kreisten in der Vergangenheit. Vielleicht war sie nie wirklich über die Geschichte mit Jan hinweggekommen? Wenn eine kurze Begegnung mit ihm reichte, um einen Alptraum auszulösen? Andererseits hatte sie in der Zeit in Süddeutschland nicht oft an ihn gedacht. Oder? Tief in ihre Gedanken versunken schreckte Lisa auf, als sie eine Stimme hörte.

»Na, Kindchen, schlecht geschlafen?«

Neben der Terrasse stand ein alter Mann mit einer Schubkarre, die bis an den Rand mit Gras beladen war.

»Guten Morgen.« Lisa stand auf und stellte sich vor.

»Bleib man ruhig sitzen. Ich wollte nicht stören, aber du hast so traurig in den Kaffee geschaut. Ich bin Joschi, der Vater vom Platzbetreiber.«

»Also Luchs Senior?«

»Genau.«

»So früh schon fleißig?«, fragte Lisa und schaute auf die Schubkarre.

»Ach, weißte, in meinem Alter da schläft es sich nicht mehr so lange. Außerdem braucht der Junge ja meine Hilfe auf dem Platz.«

Der alte Mann war Lisa sofort sympathisch. Sie mochte diese bescheidene Art, hinter der sich eine gewisse Verschlagenheit versteckte.

»Sie sind aber sportlich, wenn Sie so eine schwere Karre schieben können.«

»Och ja, wie's halt so geht. Aber sag man besser du, das ist einfacher. Gefällt es dir hier nicht? Oder warum guckst du so müde aus der Wäsche?«

»Nein, der Platz ist fabelhaft. Ich hab schon viele nette Luchs-Camper kennengelernt und fühle mich total wohl. Ich hatte nur einen blöden Alptraum. Sonst ist alles in Ordnung.«

»Na, dann brauch ich mir ja keine Sorgen machen.«

Joschi lächelte Lisa väterlich an.

»Nein, nein«, bestätigte Lisa.

»Man sieht sich«, sagte Joschi und schob die Karre weiter.

Lisa freute sich über die Ablenkung und ging besser gelaunt an die Arbeit. Heute wollte sie die Fenster von ihrem Mobilheim putzen, das war beim Einzug auf der Strecke geblieben. Außerdem gab es dringende Arbeiten am Computer zu erledigen.

Beim Fensterputzen dachte Lisa noch einmal an die Begegnung mit Jan und an seinen skeptischen Blick, als sie erzählt hatte, dass sie auf dem Campingplatz wohnte. Ihre Gedanken schweiften zu dem Tag zurück, an dem sie in ihrer Wohnung gesessen und den Brief mit der aktuellen Renteninformation geöffnet hatte. Damals hatte sie immer wieder auf das Blatt Papier gestarrt und auf die Zahl vor dem Eurozeichen. Vorsichtshalber hatte sie noch mal oben in das Adressfeld gesehen. Tatsächlich hatte dort Elisabeth Frey gestanden. In den Jahren zuvor hatte sie ebenfalls Renteninformationen bekommen. Irgendwie waren die immer rasch in einer Schublade verschwunden. Damals hatte Lisa die komplette Renten-thematik verdrängt.

Vor zwei Jahren, kurz nach ihrem achtundvierzigsten Geburtstag, hatte sie immer öfter über das Älterwerden nachgedacht. Die Fünfzig stand praktisch vor der Tür und danach würde es mit großen Schritten auf die Sechzig zugehen. Es war ihr nicht mehr gelungen, das Rententhema an die Seite schieben.

Nach acht Semestern Geologie hatte Lisa ihr Studium abgebrochen – ohne Abschluss. Dummerweise. Anschließend hatte sie gleich noch eine Torheit begangen und war als Studentin eingeschrieben geblieben, um zu jobben. Dadurch hatte sie mit einer geringen Stundenzahl ein hohes Nettoeinkommen gehabt. Diese Jahre zählten für ihre Rente nicht.

Langsam, aber kontinuierlich hatte sie angefangen, einen Plan zu schmieden. Das Ergebnis war ihr Mobilheim. Immer, wenn es galt irgendetwas zu planen, öffnete Lisa eine Excel-Tabelle. So auch damals. Nachdem sie alles durchkalkuliert hatte, zeigte sich, dass sie mit ihrem Plan enorm viel Miete sparen und noch Geld zurücklegen könnte. Mit Sechzig wollte sie aufhören zu arbeiten und so viel wie möglich reisen. Dafür war das Mobilheim genau die richtige Lösung. Die Miete für den Stellplatz und alle Nebenkosten betrugen nicht viel im Gegensatz zu dem, was ihre Wohnung in der Stadt gekostet hatte. Dadurch hatte Lisa geringe Fixkosten. In der Zeit, in der sie sich die Welt ansehen würde, wollte sie das Mobilheim vermieten. Von diesem Konzept war Lisa immer noch überzeugt und stolz, dass sie es geschafft hatte es umzusetzen. Lisa hoffte, dass ihre Vergangenheit sie nicht einholen und ihren Plan zerstören würde.

6

*E*ine Woche später fuhr Lisa mit dem Auto nach Anbrück. Sie überlegte, ob sie an alles gedacht hatte. In Gedanken überflog sie die fertigen Kapitel. Gestern hatte sie einige Seiten umgeschrieben, nachdem ihr Logikfehler aufgefallen waren. Insgesamt war Lisa mit ihrer Arbeit zufrieden und hoffte, dass ihr Kunde es genauso sehen würde. Persönliche Treffen waren unüblich, aber ihr Auftraggeber zahlte aufgrund der knappen Zeit bemerkenswert viel. Deshalb hatte Lisa zugesagt.

Im Café angekommen, fand Lisa den Studenten am vereinbarten Tisch und begrüßte ihn. Ein aufgeklappter Laptop stand vor ihm. *Das wird ein kurzer Termin*, dachte Lisa. Sie hielt sich nicht mit Smalltalk auf und gab dem jungen Mann den mitgebrachten Stick. Eine Zeitlang sagte er nichts, scrollte im Dokument und las konzentriert.

»Wirklich gut.«

»Danke«, sagte Lisa.

»Darf ich fragen, wo Sie Geologie studiert haben?«

»Ist das wichtig?«, wich Lisa aus.

»Nein, natürlich nicht. Verdienen Sie nicht genug als Geologin?«, fragte der Student neugierig.

»Ich hab keinen Abschluss.«

»Ach so. Das ist schade. Warum denn nicht?«

»Das hat sich so ergeben … Referate …«, antwortete Lisa ausweichend. Das Gespräch lief ihr in eine zu persönliche Richtung. Der wahre Grund für den Abbruch ihres Studiums ging den Kunden nichts an.

»Geht mich ja auch nichts an«, sagte er sogleich.

»Kann ich so weiterschreiben? Oder gefällt Ihnen etwas nicht?«

»Nein, nein, absolut klasse. Schreiben Sie genau in dem Stil weiter.«

Lisa fühlte sich erleichtert.

»Ich muss los.«

»Ja, ich auch.«

Vor der Tür schüttelte der Student Lisa die Hand.

»Vielen Dank noch mal für die rasche Bearbeitung«, sagte er und ging.

Lisa suchte in ihrer Handtasche nach dem Autoschlüssel.

Sogleich hörte Lisa eine vertraute Stimme hinter sich.

»Hallo, Lisa, das ist ja ein Zufall.«

Lisa drehte sich um und sah Jan. *Nein, verdammt,* dachte sie.

Jan strahlte sie an. »Da sehen wir uns jahrelang gar nicht und dann gleich in so kurzer Zeit zweimal hintereinander. Das kann doch kein Zufall sein, oder?«

»Wer weiß«, antwortete Lisa knapp.

»Wie geht es dir?«

»Alles gut.«

»Wer war denn der junge Mann?«, versuchte Jan es mit der nächsten Frage.

Lisa wandte sich von Jan ab.

»Du, ich muss los ... hab noch einen Termin.«

Als Lisa auf den Parkplatz des Luchs-Camps fuhr, wich sie in letzter Sekunde einem anderen Auto aus. Die erneute Begegnung mit Jan beschäftigte sie und wirkte sich auf ihre Konzentration aus. Sie ging zu Fuß Richtung Eingang und nahm von der Umgebung nur wenig wahr. Lisa erschrak, als sie eine Trompete hörte. Konnte das sein? Lisa sah auf und blickte in Joschis grinsendes Gesicht.

»Haste dich erschrocken?«, fragte er.

»Ja, irgendwie schon. Was ist das denn?«, erkundigte sich Lisa.

»Ach, das ist der Fred, der spielt das jeden Freitag um diese Zeit.«

»Aha.«

»Kennste die Melodie nicht?«

Sie lauschte, dass Lied kam ihr bekannt vor, aber sie konnte es nicht zuordnen.

»Na, Dallas.«

Lisa lachte. »Dallas?«

»Kennste das etwa nicht?«

»Klar, aber die Serie lief doch in den Achtzigern.«

»Schon. Im Moment senden sie die im Vorabendprogramm. Viele hier gucken das. Frag mich nicht warum. Jeden Freitag spielt der Fred mit seiner Trompete die Anfangsmelodie, damit es keiner verpasst.«

Lisa grinste Joschi an.

»Das Intro von Dallas. Was es hier auf dem Platz alles gibt. Aber super, dann weiß ich Bescheid. Nächsten Freitag: Dallas.«

»Lernst ja schnell«, stellte Joschi fest.

Auf der Rückfahrt von Anbrück dachte Jan über seine Begegnung mit Lisa nach. Verdutzt war er stehen geblieben und hatte Lisa enttäuscht nachgesehen.

Er hatte sich beeilen müssen, um rechtzeitig zu seinem Termin zu kommen. Im Gespräch mit dem Berater bei der Bank hatte er Schwierigkeiten gehabt, sich zu konzentrieren. Der Termin war wichtig, es ging um seine Zukunft, die Finanzierung musste stehen, bevor er mit dem Projekt begann.

Jan fragte sich, warum Lisa es so eilig gehabt hatte. Über ihr erneutes Wiedersehen hatte er sich gefreut. Ihr Treffen im Wald hatte ihn lange beschäftigt. Erinnerungen schwirrten ihm durch den Kopf. Seine Gedanken schweiften zu jenem wunderschönen Sommer. Alles war unkompliziert und leicht gewesen. Er war so verliebt in Lisa gewesen. Aber dann musste sie unbedingt ... Er wischte den Gedanken weg.

Lisas Reaktion, als er sie auf den jungen Mann angesprochen hatte, fand Jan merkwürdig. Regelrecht geflüchtet war sie. Er hatte Lisa nur eine harmlose Frage gestellt. *Seltsam*, dachte Jan. *Wer das wohl war?*

7

*L*isa saß im dicken Pullover auf der Terrasse. Die ganze Woche hatte sie sich darauf gefreut, am Samstag endlich draußen frühstücken zu können. Leider ließ das sonnige Wetter, das vorhergesagt war, auf sich warten. Lisa dachte über ihre letzte Begegnung mit Jan nach. Sie fragte sich, ob ihm irgendetwas aufgefallen sein konnte, hielt es aber für unwahrscheinlich. Wenn sie nicht so abrupt aufgebrochen wäre, hätte er erst recht nichts bemerken können. Lisa war zu überrascht gewesen, ihn dort zu treffen.

Lisa wunderte sich über die beiden zufälligen Treffen so kurz hintereinander. Sie hatte Jan zum letzten Mal während der Abiturprüfungen gesehen und jetzt traf sie ihn gleich zweimal in so kurzer Zeit. Den bösen Traum hatte sie erfolgreich verdrängt. Stattdessen ertappte sie sich dabei, wie andere Gedanken sich ihren Weg bahnten und sie immer öfter an die romantischen Stunden mit Jan dachte.

Das Motorengeräusch von Pauls Vespa riss Lisa aus ihren Gedanken. Er schien es eilig zu haben. *Vielleicht wartete wieder Besuch im Wohnwagen*, spekulierte Lisa und musste lächeln. Doch Paul bremste neben ihrer Terrasse ab und riss sich den Helm vom Kopf.

»Hast du das gelesen? So eine Scheiße!«

Lisa wollte gerade nachfragen, doch Paul holte bereits die Zeitung aus der Tasche und wedelte aufgeregt damit in der Luft.

»Hier steht es. Der Campingplatz soll verkauft werden ... also nicht der Campingplatz, das Grundstück. Irgend so ein reicher Investor plant hier den Bau von Familienhäusern. Der Bauer Tappe, dem gehört das Gelände, will alles verkaufen. So ein Mist, dann können wir einpacken.«

Endlich holte Paul Luft und drückte Lisa die Zeitung in die Hand.

»Hier, lies selbst. Das geht nicht, die können uns hier doch nicht verdrängen!«

Lisa überflog den Artikel. Bauer Tappe wurde zitiert, er sei in Verhandlung mit dem Investor.

»Sag mal, Tappe, heißt so nicht der Bauer, der hier in der Nähe den großen Hof hat?«, fragte Lisa.

»Ja, genau, da drüben, wenn man durch das Wäldchen geht und dann Richtung Lengburg. Praktisch zwischen uns und dem Ort.«

»Da bin ich schon mal vorbei gegangen. Kennt den denn hier jemand?«

»Weiß ich nicht, ich kenn ihn nicht. Was machen wir jetzt bloß?«

»Wissen die anderen Bescheid?«

»Keine Ahnung. Am besten gucken wir am *Buchmobil*, ob dort jemand ist.«

Paul wollte direkt losgehen.

Lisa blieb unschlüssig auf der Stelle stehen. Ihr letztes Erlebnis am *Buchmobil* hatte sie noch nicht verarbeitet. Sie beschlich die Angst, dass sich alle Platzbewohner dort versammelt haben könnten.

Am liebsten redete Lisa nur mit einem Menschen, das meisterte sie gut. Bei zweien funktionierte es gerade noch, aber sobald sie sich in einer Gruppe befand, war sie wie blockiert. Sie hatte kein Problem, in Menschenansammlungen zu stehen. Lisa litt nicht unter Klaustrophobie. Nur sprechen vor mehreren Leuten konnte sie nicht. In solchen Situationen bekam sie kein Wort mehr heraus.

Doch Paul zog Lisa am Ärmel. »Los, komm schon.«

Lisa zögerte noch einen Moment, gab dann aber nach.

Von Weitem sah Lisa, dass sich vor dem *Buchmobil* bestimmt der halbe Platz versammelt hatte. Sie spürte ein mulmiges Gefühl in der Magengegend.

Paul stürmte mitten in die Gruppe hinein.

»Ihr habt es schon gelesen, oder?«

Die Frage war rein rhetorisch. Mehrere Campingplatzbewohner hielten die Zeitung von heute in der Hand.

»Das können die doch nicht machen!«

»Der spinnt wohl!«

»Wo sollen wir denn dann hin?«

Alle redeten durcheinander.

Lisa hörte Silvias Stimme heraus, die besonders laut sprach: »Dieser Bauer Tappe, das war schon immer ein alter Raffzahn, der kann wohl nicht genug bekommen.«

Einige nickten Silvia zu.

»Der hat damals viel Land hier in der Gegend verpachtet, damit verdient der doch genug Geld!«

»Wieso will er dann dieses Grundstück verkaufen? Da könnte er doch genauso gut weiter Pacht kassieren?«

»Ist sowieso egal, ob Pacht oder Verkauf, weg müssen wir auf jeden Fall, wenn hier gebaut werden soll!«

»Das lassen wir uns nicht gefallen!«

»Aber was machen wir bloß?«

Lisa hatte sich an den Rand der Gruppe gestellt und hörte aufmerksam zu. Sie bewunderte den Kampfgeist der Redner.

Sogar Silvias Mann war mitgekommen. Frank verbrachte seine Freizeit fast ausschließlich vor dem Fernseher.

Er rief: »Egal, aber wir machen was!«

»Lasst uns in Ruhe überlegen.«

Gretas ausgleichende herzliche Art beruhigte alle. Einige setzten sich auf die Stühle und Bänke vor dem *Buchmobil.*

Ein überlegtes Schweigen trat ein.

Hannes meldete sich zuerst.

»Wir können dem Bauern ja einen Besuch abstatten.«

»Und was sagen wir dann? Meinst du, der verzichtet auf den Verkauf, nur weil wir hier wohnen bleiben wollen?«, fragte jemand.

»Nee, dass wir hier leben, weiß der doch.«

»Wenn ihn das interessieren würde, wäre er doch gar nicht auf die Idee gekommen, das Grundstück zu verkaufen.«

»Sag mal, der alte Tappe, ist der nicht im Schützenverein? Nicht, dass die dahinter stecken und uns in

Wirklichkeit hier weghaben wollen? Den Spießern sind wir doch schon lange ein Dorn im Auge.«

»Meinst du?«

»Ist nur so eine Idee.«

»Wir können dem ja ein totes Huhn in den Briefkasten legen, das wirkt sich angeblich magisch negativ auf den Empfänger aus.«

Alle sahen die junge Frau skeptisch an; niemand ging auf den Vorschlag ein. Lisa hatte die Frau noch nie gesehen, allerdings kannte sie auch noch nicht alle Camper.

»Wie wäre es mit einer Demo?«

»Demo ist immer gut«, kommentierte Hannes grinsend.

»Tolle Idee. Wir organisieren eine Demo vor dem Rathaus. Der Bürgermeister weiß bestimmt Bescheid, was der Tappe plant. Müssen die nicht im Rathaus eine Genehmigung erteilen, dass das Grundstück als Bauland geeignet ist?«

Die Flurstücke müssen als Bauland ausgewiesen werden, dachte Lisa.

»Ja, stimmt, und der Tappe verhandelt bestimmt nicht mit einem Investor, bevor er nicht weiß, ob Bauen hier überhaupt möglich ist.«

»Wir demonstrieren, das finde ich gut.«

»Leg dich nicht mit uns an, du Bauer – Camper sind nun mal viel schlauer!«, skandierte Paul.

Alle lachten.

»Nun, wer ist dagegen?«, fragte Greta in die Runde.

Niemand hob die Hand.

Lisa hatte genug gehört, sie schlich davon. In ihrem Mobilheim angekommen, konnte sie die Tränen nicht mehr zurückhalten. Die Tragweite des Zeitungsartikels begriff Lisa erst jetzt. Wenn das Grundstück an einen Investor verkauft würde, der Familienhäuser bauen wollte, dann wäre ihr Traum vom Mobilheimleben zu Ende. Das konnte doch nicht wahr sein! Sie hatte sich gerade eingelebt und fühlte sich jeden Tag wohler auf dem Platz. Die anderen Platzbewohner hatte sie längst in ihr Herz geschlossen. Und was würde aus ihrem Rentenkonzept? Ihre Pläne, die sie geschmiedet hatte – alles umsonst. Das durfte nicht passieren. Tiefe Verzweiflung erfasste Lisa. Sie verspürte den dringenden Wunsch nach einer Zigarette, wischte den Gedanken aber weg und riss eine Packung Salzstangen auf.

8

*V*or drei Wochen hatte der Artikel in der Zeitung gestanden. Seitdem dachte Lisa oft über ihre Zukunft nach. Vor allem darüber, was sie machen sollte, falls das Grundstück vom Luchs-Camp verkauft würde. Sie war bislang zu keinem brauchbaren Ergebnis gekommen. Im Moment konzentrierten sich alle Platzbewohner erst einmal auf die Vorbereitung der Demonstration und hofften, damit etwas zu erreichen.

Lisa hatte einen Tag frei genommen. Nach einem ausgiebigen Frühstück begann sie die Terrasse zu fegen. Blumenkübel, Erde und ein paar Pflanzen hatte Lisa gekauft, um ihre Terrasse wohnlicher zu gestalten. *Ob sich das noch lohnt?*, fragte Lisa sich.

Paul lag vor seinem Wohnwagen auf der Liege in der Sonne. Er schwänzte eine Vorlesung. Todernst, mit wichtiger Miene, hatte er das damit begründet, dass Vitamin D elementar sei und nach dem langen Winter müsse er unbedingt eine Stunde Sonne tanken. Lisa sah zu Paul hinüber und verkniff sich ein Grinsen. Paul setzte sich auf und schaute in die entgegengesetzte Richtung. Auf dem Weg sah Lisa drei Personen. Mit wichtigem Gang kamen sie näher und Lisa erkannte den Platzwart. Vielleicht Interessenten für einen Stellplatz?

Paul winkte und Lisa ging zu ihm herüber.

»Guck mal, Lisa.«

»Kennst du die beiden?«

»Den Dicken und die Hübsche, nee noch nie gesehen. Du?«

»Nein.«

Beide sahen Luchs Junior mit den Händen in der Gegend herumfuchteln. Wortfetzen drangen zu ihnen herüber.

»Da hinten ... ja, Grundstücksgrenze ... Waldgebiet, genau.«

»Das ist der Investor!«, entfuhr es Paul.

»Stimmt, sieh mal, die tragen jede Menge Papiere mit sich herum. Vielleicht Pläne? Ob wir mal rüber schleichen?«

»Und dann?«

Weitere Überlegungen stellten sie nicht an, die drei kamen bereits näher. Der Platzwart grüßte Lisa und Paul beiläufig. Der Dicke beachtete die beiden gar nicht und die Frau, die deutlich jünger zu sein schien als der Mann, lächelte Paul an.

»Hier vorne beginnt das Waldgebiet, Herr Schnoor. Das ist in den Plänen eingezeichnet.«

Der als Herr Schnoor angesprochene brummelte irgendetwas Unverständliches.

»Spätestens dort würde das Baugebiet enden, der Wald gehört der Kirche. Und dort drüben auf der anderen Seite beginnt das Naturschutzgebiet, da darf nicht gebaut werden.«

»Das sehen wir dann noch«, erwiderte Herr Schnoor bestimmt.

»Guck mal, Jürgen, da drüben geht es zum See.«

Die Frau neben Herrn Schnoor hatte den Wegweiser entdeckt.

»Ja, Schatzi, der See interessiert nicht.«

»Wieso, der ist doch bestimmt schön?«

»Den schütten wir zu.«

Schatzi kräuselte die Oberlippe, erwiderte aber nichts.

Herr Schnoor, der für die Jahreszeit eine zu dicke Jacke trug, wischte sich mit einem Taschentuch über die Stirn.

Luchs Junior fragte: »Wollen Sie den Rest des Geländes noch besichtigen?«

»Nein, auf dem Plan ist alles eingezeichnet, was ich wissen muss«, antwortete Herr Schnoor übel gelaunt.

»Was ist das denn für einer?«, fragte Paul, nachdem die drei außer Sichtweite waren.

»Tja, der Investor«, antwortete Lisa.

»Ja, klar. Aber der ist total daneben. So ein unsympathischer Typ.«

»Wäre es dir lieber, wenn ein sympathischer Mensch den Platz kauft? Weg müssen wir dann ebenfalls.«

Paul lachte.

»Ob das seine Frau ist?«, fragte Paul.

»Sah danach aus. Wieso?«

»Ach, nur so.«

»Du meinst, wieso so eine attraktive Frau so einen Typen heiratet?«

»Na ja. Ja, schon.«

»Ist doch klar, er hat Geld.«

»Na toll!«

»Tja, so ist das im Leben«, philosophierte Lisa.

»Tja.«

Beide sahen zu der dicken Eiche, die gegenüber von Pauls Wohnwagen stand, als ob es dort irgendetwas zu entdecken gäbe. Lisa beobachtete gerne die wehenden Blätter im Wind und seufzte.

»Ach, Paul, vielleicht hätte ich mir auch einen Mann mit viel Geld suchen sollen? Ich meine damals, als ich noch jung und schön war.«

Paul sah Lisa mit ernster Miene an.

»Schön bist du immer noch.«

Lisa fühlte sich geschmeichelt und lächelte.

»Nein, aber im Ernst, dann hätte ich gar nicht die Idee mit dem Mobilheim entwickeln müssen. Mit einem reichen Mann bräuchte ich mir keine Gedanken über meine Rente machen. Dann wäre es klar, wovon ich im Alter lebe.«

»Ach, du wohnst hier wegen deiner Rente?«

»Ja«, gestand Lisa, »das ist mein Rentenkonzept. Ich habe das genau ausgerechnet mit dem Mobilheim. Wenn ich die nächsten zehn Jahre hier wohne, hab ich geringe Fixkosten und ich kann Geld an die Seite legen. Wenn ich in Rente gehe, habe ich Zeit und Geld zum Reisen. Um monatliche Mietkosten brauche ich mich dann nicht zu kümmern. Außerdem bin ich in zehn Jahren noch nicht zu alt, um mir die Welt anzusehen, und hoffentlich noch gesund genug zum Wandern.«

»Das ist ja cool!«, sagte Paul begeistert.

»Na, ob die Idee cool ist, wird sich noch herausstellen. Je nachdem, was mit dem Platz passiert.«

»Wir finden bestimmt eine Lösung. Davon bin ich überzeugt. Ich will hier auch nicht weg. Ich fühle mich auf dem Platz sauwohl, das kannst du mir glauben.«

»Warum bist du denn hierher gezogen?«, fragte Lisa.

»Das hat sich so ergeben. Ich hab damals den Studienplatz in Anbrück erst kurz vor Semesterbeginn bekommen und in so kurzer Zeit hab ich keine Wohnung gefunden. Freunde von meinen Eltern hatten den Wohnwagen im Garten stehen, aber sie haben ihn nicht mehr benutzt. Mein Vater, der immer sehr pragmatisch denkt, hatte die Idee, ich könnte vorübergehend auf einen Campingplatz ziehen.«

»Schlauer Vater.«

»Ja. Ich hab nicht lange überlegt und wir haben den Wohnwagen hierher gebracht.«

»Und dann bist du hier hängengeblieben?«

»Irgendwie schon. Ich habe im Sommersemester angefangen zu studieren und fand es von Anfang an megaklasse hier. Wenn ich nachmittags von den Vorlesungen komme, kann ich erst mal am See chillen. Meine Kommilitonen haben es nicht so gut wie ich. Die Freibäder in Anbrück sind im Sommer alle total überfüllt. Und überhaupt die Atmosphäre hier, ist doch super.«

»Ja, finde ich auch.«

»Am Anfang hab ich mir noch einige Wohngemeinschaften und ein Zimmer im Studentenwohnheim angesehen. Aber die Zimmer kamen mir alle so winzig vor. Teilweise hatten die nur zwölf Quadratmeter, da kann man doch nicht drin wohnen.«

»Paul, dein Wohnwagen ist nicht viel größer.«

Paul lachte. »Stimmt, aber im Wohnwagen fühle ich mich nie eingeengt. Komisch nicht?«

»Nein, ich weiß, was du meinst. Ich hatte auch Bedenken, ob ich mit den zweiunddreißig Quadratmetern zurechtkomme. Aber das Gefühl in einem mobilen Haus ist anders, als in einer zweiunddreißig Quadratmeter kleinen Wohnung. Vielleicht liegt es daran, dass man sofort draußen ist. Wenn man aus einer Wohnung geht, muss man erst durch den Hausflur oder ein paar Etagen hinunter. Hier draußen fühlt man sich freier.«

»Das kann sein.«

»Sag mal, konntest du den Wohnwagen dann einfach so behalten?«

»Mein Vater hat ein bisschen was dafür bezahlt.«

Beide schwiegen einen Moment.

»In die Stadt ziehen, ohne meinen Wohnwagen – das will ich mir gar nicht erst vorstellen!«

9

*E*s regnete in Strömen. Deshalb konnte Lisa leider nicht auf der Terrasse sitzen. Sie versuchte zu arbeiten – in ihrem Nebenverdienst. Aber es fiel ihr schwer, sich auf den Text zu konzentrieren. Stattdessen ließ sie sich ablenken und surfte im Internet.

Das Gespräch zwischen dem Platzwart und Herrn Schnoor hatte Lisas Neugierde geweckt. Sie googelte. Vielleicht gab es Karten, auf denen die Grenzen des Campingplatzes eingezeichnet waren. Die Größe des angrenzenden Waldgebietes interessierte Lisa ebenfalls. Sie fand nur die Homepage des Campingplatzes, die kannte sie längst von ihrer Stellplatzsuche. Die Seite gab wenig her, nur eine grobe Skizze des Platzes. Der See war darauf viel zu groß dargestellt, das war ihr bereits bei der Besichtigung aufgefallen. Also surfte sie weiter. Lisa wollte gerade aufstehen, um einen Kaffee zu holen, da entdeckte sie einen interessanten Link. Sie klickte ihn an und sah ein vergilbtes Foto einer Fabrik, darunter stand *Fabrik zwischen Lengburg und Anbrück*. Die Luftaufnahme hatte zur damaligen Zeit bestimmt viel Geld gekostet. Lisa kopierte das Foto aus der Internetseite heraus, um es genauer in einem Grafikprogramm anzusehen. Leider gab die Qualität des Fotos nicht viel her. Wenn sie das Foto größer zoomte, erkannte sie nichts mehr. Lisa klickte zurück auf die Website, auf der sie das Foto entdeckt hatte. Dort stand nichts über die Fabrik oder über den Standort. Es war eine Seite des

Heimatvereins Lengburg, auf der Lisa weitere Fotos aus der Gegend fand.

Lisa googelte weiter, aber ohne Erfolg. Dennoch ließ sie ein Gedanke nicht los. Das Foto druckte sie aus und ging damit zum *Buchmobil.*

Greta und Hannes saßen unter dem Vordach, das Schutz vor dem Regen bot. *Zum Glück nur die zwei,* schoss es Lisa durch den Kopf. Nervosität erfasste sie immer noch, wenn sie sich dem *Buchmobil* näherte.

»Was hast du denn da?«, fragte Greta sofort.

»Nur ein ausgedrucktes Foto. Seht euch das doch mal an. Kennt ihr die Fabrik?«

»Nein, noch nie gesehen. Wo steht die denn?«, fragte Hannes.

»Ach, das war nur so eine Idee. Ich hab das Foto im Netz gefunden und dachte, die Fabrik könnte hier auf dem Platz gestanden haben.«

»Davon hab ich noch nie was gehört«, trug Greta bei.

»Ich auch nicht. Du, aber wir kommen beide nicht aus der Gegend«, gab Hannes zu bedenken.

Lisa zeigte in eine Ecke auf dem Foto: »Guckt mal hier, das sieht doch aus wie unser See, oder?«

»Könnte sein. Man erkennt nicht viel.«

»Wenn man es größer zoomt, erkennt man leider gar nichts mehr.«

»Was ist das für eine Fabrik?«, fragte Greta.

»Das weiß ich nicht, interessiert mich allerdings brennend!«, sagte Lisa.

»Wieso?«

»Wisst ihr, das ist nur so ein Gedanke. Alte Fabriken hinterlassen doch oft viel Mist im Boden.«

Die beiden horchten auf.

»Du meinst, hier könnte eine Fabrik gestanden haben und der Boden ist verseucht?«, hakte Greta nach.

»Ja. Könnte doch sein«, antwortete Lisa.

»Das wäre ja was!«

»Wenn hier tatsächlich Gift im Boden ist, wäre es möglich, dass hier nicht gebaut werden darf«, kombinierte Hannes.

»Nun, frag den Joschi. Das ist der Vater vom Platzbetreiber, der gärtnert hier manchmal und ...«

»Joschi hab ich längst kennengelernt. Meint ihr, der weiß darüber Bescheid?«

»Er wohnt schon ewig hier. Seinen Großeltern gehörte das Haus hinter dem Maisfeld. Weißt du, wenn man Richtung Lengburg fährt, da steht auf der rechten Seite ein altes Fachwerk, das ist Joschis Elternhaus. Da wohnt Joschi mit seinem Sohn.«

»Vielleicht kann er mir helfen«, überlegte Lisa laut.

»Mir ist übrigens noch was eingefallen. Eigentlich liegt der Campingplatz im Außenbereich von Lengburg. Gut, bis zum nächsten Bauernhof ist es nicht weit, aber die erste Wohnsiedlung ist ein Stück entfernt.«

Greta und Hannes sahen sie fragend an.

»Ich bin mir ziemlich sicher, dass es für den Investor schwierig sein dürfte, einen Bebauungsplan für Familienhäuser durchzubekommen. So eine Landschaft wie diese hier soll nicht zersiedelt werden.«

»Im Zeitungsartikel stand nichts von einem Bebauungsplan«, sagte Greta.

»Ach, wer weiß, der steckt bestimmt mit dem Bürgermeister unter einer Decke. Man weiß ja, wie sowas läuft«, mutmaßte Hannes.

»Ich geh erst mal der anderen Spur nach und suche Joschi«, verabschiedete Lisa sich.

***

Zum Glück regnete es nicht mehr. Die Sonne kämpfte sich hinter den Wolken hervor. Am Container für den Grünabfall fand Lisa Joschi. Der alte Mann strahlte Lisa an, schimpfte aber über den Regen: »So'n Mist, das ganze Gras ist nass.«

»Das tut mir leid. Brauchst du Hilfe?«

»Nee, nee, lass mal Kindchen, das schaffe ich alleine.«

»Joschi, sag mal, weißt du eigentlich, ob auf dem Gelände hier, vor dem Bau des Campingplatzes, Bäume standen?«

»Hier war kein Wald. Um die Jahrhundertwende stand eine Fabrik am See, mein Großvater hat dort gearbeitet.«

Lisa horchte auf und holte das Foto aus ihrer Tasche.

»Sah die vielleicht so aus?«

Joschi nahm das Blatt Papier in die Hand und betrachtete lange das Bild.

»Kann sein, wie die ausgesehen hat, weiß ich nicht. Mein Opa erzählte oft von der schweren Arbeit dort, er hat mit sechzehn da angefangen. Als ich klein war, stand die Fabrik nicht mehr. Wo hast du das Foto her?«

»Aus dem Internet.«

Joschi verzog den Mund.

»Weißt du, was das für eine Fabrik war?«, fragte Lisa.

»Klar, weiß ich das. Steht das nicht in eurem Internet?« Joschi schaute sie provokant an.

Lisa lachte: »Nein, alles findet man da auch nicht, deshalb frag ich ja dich.«

»Die haben Farben und Lacke hergestellt.«

»Ach!«

»Warum interessiert dich das denn?«

»Ach, nur so«, log Lisa. »Wie lange stand die Fabrik dort? Bis der Campingplatz gebaut wurde?«

»Nein, die Fabrik machte pleite und dann wurde sie abgerissen. Danach war hier jahrelang nichts. Anfang der fünfziger Jahre haben meine Eltern dann den Campingplatz aufgebaut.«

»Weißt du, ob der Boden untersucht wurde?«

»Nee, davon weiß ich nichts.«

»Danke, Joschi, du hast mir sehr geholfen.«

»Immer gerne, junge Frau.«

Joschi hatte die Hände bereits wieder in der Schubkarre.

»Sag mal, Joschi, wenn das hier Bauland wird, was macht dein Sohn dann? Der lebt doch von dem Platz hier, oder?«

»Das Grundstück gehört uns ja nicht, ist alles nur gepachtet. So jung ist mein Sohn nicht, der wird bald fünfzig. Die haben ihm eine hohe Abfindung angeboten.«

$\mathcal{A}$ ls Lisa ein paar Tage später von der Arbeit kam und auf den Parkplatz fuhr, freute sie sich darauf, weiter im Internet zu recherchieren. Vielleicht fand sie noch mehr Informationen zu der Lackfabrik. Bislang war ihre Recherche erfolglos. Doch zuerst ging Lisa an der Rezeption vorbei. Sie hatte einige Zeit nicht in ihr Postfach gesehen. Zwei Briefe lagen darin. Den ersten erkannte Lisa sofort als Rechnung. Auf den zweiten hatte jemand ihre Adresse per Hand geschrieben. *Oh, ein richtiger Brief*, dachte Lisa. Als sie auf den Absender schaute, stockte ihr der Atem. Dort stand *Jan*. Sonst nichts, kein Nachname, keine Adresse. In den letzten Tagen war sie zu beschäftigt damit gewesen, wie sie ihre Existenz retten könnte. Sie hatte keine Zeit gehabt, an ihre Begegnungen mit Jan zu denken. An der Rezeption wollte Lisa den Brief nicht öffnen, deshalb machte sie sich auf den Weg zu ihrem Heim. Dort schlich sie um den Brief wie die Katze um den heißen Brei. Mittlerweile hatte sie sämtliches Geschirr gespült und weggeräumt. Sogar den Tisch hatte sie schon zweimal abgewischt.

Lisa setzte sich auf das Sofa, atmete tief durch und riss den Umschlag auf. Ihr Puls stieg.

Liebe Lisa,
unser zufälliges Treffen im Wald hat mich sehr gefreut – nach all den Jahren.
Weil ich keine Telefonnummer von Dir habe und nicht weiß, wie ich Dich erreichen kann, möchte ich es auf

diesem altmodischen Weg probieren und Dich zum Essen
einladen …

Lisa ließ den Brief sinken. Damit hatte sie nicht gerechnet. Einerseits freute sie sich, andererseits mischte
sich in die Freude sofort alte Enttäuschung mit hinein
und Lisa begann zu grübeln. Als Übersprunghandlung
griff sie zu einer Packung Salzstangen und verputzte die
Hälfte. Lisa schwankte zwischen dem Gedanken, dass
die schlimmen Ereignisse lange her waren und dem
Gefühl, das ihr sagte, dass sie sich besser nicht mit ihm
treffen sollte.

*L*isa schob gedankenverloren den Einkaufswagen im Supermarkt vor sich her. Immer wieder dachte sie über Jans Einladung nach. Der größte Supermarkt in Lengburg bot ein gutes Sortiment. Lebensmittel lagen genug im Wagen. Ihr Kühlschrank im Mobilheim war wesentlich kleiner als der, der in ihrer Wohnung gestanden hatte, und Lisa achtete darauf, dass sie nicht zu viel einkaufte. Von den anderen auf dem Platz hatte sie erfahren, dass sie im Winter Lebensmittel draußen lagerten. Die Temperatur im Kühlschrank betrug schließlich im Durchschnitt auch nur sieben Grad. Aber im Moment konnte sie draußen nichts lagern und kaufte nicht zu viele Joghurts. Lisa liebte Joghurt. Und natürlich ihre Salzstangen.

Seit Tagen arbeiteten die Campingplatzbewohner fleißig an der Organisation der Demonstration. Lisa hatte beim Entwerfen der Plakate geholfen. Sie bastelte gerne in ihrem Grafikprogramm *Photoshop* auf dem Rechner herum. InDesign brauchte sie für ihre Schreibarbeiten. Mit dem Programm ließen sich Texte gut strukturieren, besonders beim Platzieren von Fotos. Die Software konnte sie nur im Paket zusammen mit Photoshop kaufen. Sie war nicht im eigentlichen Sinne kreativ, aber das Gestalten der Plakate hatte ihr Spaß gemacht. Dabei hatte sie nur darauf achten müssen, dass der Text groß genug an der passenden Stelle stand.

Auf der Suche nach großen Bögen aus Karton oder Pappe streifte Lisa durch die Gänge. Die Plakate hatten sie auf Papier drucken lassen und wollten sie nun auf stabilen Untergrund kleben. Gefühlt hatte Lisa alle Regale abgesucht. Wenn sie hier nichts fände, müsste sie in ein Fachgeschäft nach Anbrück fahren. Doch endlich entdeckte sie in einer Ecke bunte Kartonbögen. Der Supermarkt war um diese Zeit noch menschenleer und sie begutachtete in Ruhe das gesamte Sortiment. Lisa hielt einen Bogen Karton in der Hand und prüfte die Festigkeit. In diesem Moment hörte sie einige Meter vor sich eine Frau so laut tuscheln, dass sie jedes Wort verstand. Vielleicht war die andere schwerhörig?

»Doch, das ist eine von denen, wenn ich es dir doch sage.«

»Meinst du?«, flüsterte die andere hörbar.

»Ja, die ist glaube ich neu auf dem Platz, aber auch eine von den Wohnungslosen.«

»Nein! Das werden ja immer mehr.«

»Ja, sag ich doch. Und jetzt wollen die verhindern, dass auf dem Grundstück gebaut wird. Erst hausen die da jahrelang wie die Hottentotten und jetzt demonstrieren die auch noch.«

»Die wollen demonstrieren?«

»Genau. Die wollen nicht, dass das Bauland wird. Dann müssen die doch alle weg. Unser Torben würde sofort dort bauen, so nah an Lengburg, besser ginge das doch gar nicht.«

»Na, das glaube ich aber nicht, dass die damit durchkommen.«

»Guck mal, wie die aussieht, die Hose, also nein.«

Lisa sah an ihrer Jeans hinunter, stellte aber nichts Anrüchiges fest. Vielleicht war die Frau nicht nur taub, sondern brauchte auch eine Brille? In ihrer Jeans waren nicht mal Löcher oder sonstige neumodische Ausfallerscheinungen. Trotzdem, Lisa verletzten die Worte der Frauen. Rasch legte sie die benötigten Kartonbögen in den Wagen und schob sich an den beiden vorbei. Leider brachte Lisa nicht den Mut auf, die Frauen zur Rede zu stellen, aber zumindest warf sie beiden einen abwertenden Blick zu.

***

Zurück im Luchs-Camp ging Lisa zu Greta. Vor dem *Buchmobil* lagen die gedruckten Plakate auf einem Tapetentisch. Lisa half das Papier auf Karton aufzukleben und Holzstäbe daran zu befestigen. Dabei erzählte sie Greta von dem Vorfall im Supermarkt.

Greta winkte ab: »Ach, die, lass die bloß reden.«

»Aber denen war klar, dass ich alles mithören kann. So was macht man doch nicht!«

»Sie haben die Situation ausgenutzt.«

»Was meinst du damit?«

Greta überlegte ein paar Sekunden.

»Nun, glaubst du, bei mir hätten die sich das getraut?«

Lisa fühlte sich kurz beleidigt, aber, als sie sich Greta im Supermarkt vorstellte, musste sie grinsen.

»Nein, du hättest die beiden bestimmt verbal an die Wand geklatscht.«

»Siehst du, das meine ich.«

»Sind alle Lengburger so negativ eingestellt gegen uns? Der Elektriker, der den Strom am Mobilheim installiert hat, hat auch komisch reagiert, als ich erzählt habe, dass ich hier wohne.«

»Nein, nicht alle. Aber der Ort ist im Endeffekt ein Kaff, wenn du weißt, was ich meine?«

»Ich bin dort aufgewachsen.«

Lisa sah Gretas verlegenen Gesichtsausdruck und beeilte sich zu lächeln.

»Dann kannst du dir vorstellen, was ich meine.«

»Ich bin nach dem Abitur sofort weggezogen. Früher war der Ort noch nicht so groß. Eine Kleinstadt wurde Lengburg erst durch die Eingemeindungen, dadurch stieg die Einwohnerzahl künstlich an.«

»Ich weiß.«

»Gab es denn schon mal Probleme mit den Leuten vom Campingplatz?«

»Nein, nicht wirklich. Aber weißt du, bei denen erzeugt unsere Art zu leben Angst.«

»Angst? Wieso?«

»Die meisten Lengburger leben in typischen Ein- oder Zweifamilienhäusern, ein paar Reihenhaussiedlungen gibt es, aber selbst die kleineren Häuser sind enorm teuer. Abbezahlt ist da nichts, bei den meisten auf jeden Fall. Na, und dann sehen die, dass wir es uns leicht machen. Wir kaufen ein Mobilheim, das entweder direkt finanziert oder in drei, vier Jahren abbezahlt ist. Meinst du nicht, dass da der eine oder andere ins Grübeln kommt?«

»Stimmt, da könntest du Recht haben.«

»Im Endeffekt ist es doch so, dass eine Gesellschaft ohne Außenseiter gar nicht existieren kann. Das steht zum Beispiel sehr gut geschrieben in Herrmann Hesses *Steppenwolf*, aber so was lesen die ja nicht. Obwohl ich mich nicht wie ein Außenseiter fühle.«

»Ich auch nicht«, sagte Lisa.

»Viele von denen trauen sich nicht, so zu leben wie wir und machen alles schlecht. Sie sagen zum Beispiel: ›In so einer kleinen Hütte kann man doch nicht leben. Sieh mal die laufen total verwahrlost rum.‹«

Lisa lachte. Greta trug zwar oft Jeans, aber immer mit einem schicken Oberteil und einem bunten Schal. An wärmeren Tagen bevorzugte sie ein hübsches Seidentuch. Auf ihren T-Shirts gab es oft tolle Kunstmotive zu sehen. Lisa fand, dass Greta etwas von einer Grand Dame hatte.

***

Abends auf ihrer Terrasse las Lisa den Brief von Jan erneut, obwohl sie die wenigen Sätze mittlerweile auswendig konnte. Sie fühlte sich immer noch hin- und hergerissen. Zu guter Letzt griff zu ihrem Smartphone, speicherte die von Jan im Brief mitgeteilte Telefonnummer und sendete eine WhatsApp-Nachricht. *Ist doch nichts dabei, wenn ich mich mit einem Schulfreund treffe?*

12

*L*isa wollte das ausgeliehene Buch zurückbringen. Lange genug lag es ausgelesen bei ihr herum und ihr schlechtes Gewissen meldete sich. Beim Lesen hatte Lisa gemerkt, dass Bücher ihr gefehlt hatten. Sie musste unbedingt wieder öfter eines ausleihen. Lesen half ihr abzuschalten.

Lisa dachte an ihr Gespräch mit Greta und die Ansichten, die sie geäußert hatte. Diese tolle Frau hatte Lisa von Anfang an in ihr Herz geschlossen und anscheinend beruhte das auf Gegenseitigkeit. Der Austausch mit Greta tat Lisa gut. Sie freute sich über die Freundschaft, die sich zwischen ihnen entwickelte.

Fast am *Buchmobil* angekommen, sah Lisa, dass irgendetwas nicht stimmte. Um diese Zeit saß Greta üblicherweise alleine oder in Gesellschaft vor der Leihbücherei. Meistens entspannt mit einer Tasse Tee in der Hand. Heute war es zwar wieder kühler, aber davon ließ Greta sich sonst nicht beeinflussen und nahm lieber eine zusätzliche Decke, als dass sie im Wagen geblieben wäre. Greta lief aufgeregt hin und her mit einem Bücherstapel auf den Armen.

»Räumst du auf?«, fragte Lisa.

»Schön wär's!«, sagte Greta aufgebracht.

»Ist was passiert?«

Ein Blick in das *Buchmobil* erübrigte die Frage.

»Oh nein, wer war das denn?«

»Das wüsste ich auch gerne«, antwortete Greta, »als ich vorhin aufschließen wollte, fiel mir die beschädigte Tür auf. Dann hab ich den Rest gesehen.«

Lisa begutachtete die Eingangstür des Wohnwagens, die, aus den Angeln gerissen, zur Seite hing. Die Treppe nahm Lisa mit einem Satz und sah die Katastrophe an. Überall lagen Bücher verstreut. Das mittlere Regal war leer und lehnte schräg an einem der hinteren.

»Komm, wir stellen das zusammen wieder auf«, schlug Lisa vor.

»Gute Idee.«

Lisa legte ihr geliehenes Buch aus der Hand und packte das eine Ende des Regals. Greta fasste das andere Ende. Mit einem Ruck stellten die beiden das Regal auf. Im *Buchmobil* passte nur ein einziges Regal in die Mitte, alle anderen standen an den Wänden.

»Ist was gestohlen worden?«

»Nein, jedenfalls nicht, soweit ich das bislang abschätzen kann. Ich hab als Erstes die Kasse gesucht, aber die steht an ihrem Platz. Geld fehlt nicht, das weiß ich genau, weil ich gestern gezählt habe. Wir wollten doch ein paar neue Krimis kaufen, zum Beispiel den von Stefan Wellmann.«

»Komisch«, kommentierte Lisa.

»Finde ich auch. Ob Bücher fehlen, kann ich noch nicht sagen. Wenn, dann nur ein paar. Am ärgerlichsten ist das mit der Tür, die muss neu.«

»Seltsam, wer bricht denn hier ein und stiehlt nichts?«, fragte Lisa.

»Ich hab keine Ahnung!«, empörte Greta sich.

»Als wir damals neu auf dem Platz waren, verlagerten nach und nach immer mehr Leute ihren Wohnsitz hierher. Da haben die aus Lengburg doch glatt nachts Eier an die Mobilheime geworfen. Die wollten, dass wir hier verschwinden. Aber seitdem ist nie wieder was passiert.«

»So ein Quatsch.«

»Ich bin mir sicher, dass das damals ein paar Betrunkene aus dem Schützenverein waren. Der Elektriker, der an deinem Mobilheim die Anschlüsse installiert hat, ist übrigens Vorsitzender in dem Verein.«

»Ach? Den kann ich mir gut im paramilitärischen Outfit vorstellen.«

Greta lachte.

»Auf jeden Fall war es niemand, der nachts ein Buch leihen wollte und stehlen wollte der oder die, wer weiß, anscheinend auch nichts …«

»Es sei denn, den Einbrecher hat jemand oder irgendwas gestört?«, überlegte Lisa laut.

Greta warf einen Blick auf das Regal in der Mitte.

»Stimmt, das ist möglich. Vielleicht hat er jemanden auf dem Platz gehört und in Panik das Regal umgerannt. Hey, du hättest Detektivin werden sollen.«

Lisa lächelte verlegen.

»Mal sehen«, scherzte sie.

Greta hob ein paar Bücher vom Boden auf.

»Ich dachte, ich trag alle Bücher nach draußen und sortiere sie. Drinnen reicht der Platz dafür nicht. Dann sehe ich, ob welche fehlen.«

»Ich helf dir.«

Lisa und Greta begannen damit, Bücher draußen auf den Campingtischen zu stapeln, die Greta aufgebaut hatte. Lisa wusste, dass Greta ihr eigenes System hatte, die Bücher zu ordnen. Greta fand immer mit einem Griff genau das Buch, das man suchte. Die Bücher ordnete sie nach verschiedenen Genres und darin nach den Nachnamen der Autoren. Soweit hätte jeder das System verstanden, aber trotzdem fand man alleine nicht das Buch, welches man suchte, weil es Schriftstellernamen gab, die nicht alphabetisch eingeordnet waren. Diese besondere Logik durchschaute nur Greta. Lisa hatte einmal nach dem Sinn gefragt und eine Theorie zu hören bekommen, in der es um Neuerscheinungen und Rangplätze in den Charts ging. Greta hatte irgendetwas erklärt, von wegen im Supermarkt gäbe es ebenfalls Bückware in den unteren Regalen und die guten, teuren Sachen in Augenhöhe. Verstanden hatte Lisa das System trotzdem nicht. Aber das war nicht wichtig, denn Greta stand Lisa mit Rat und Tat jederzeit zur Seite.

Nachdem die meisten Bücher nach draußen getragen waren, schlug Greta eine Teepause vor, die Lisa gerne annahm. Beide setzten sich vor das *Buchmobil* und löffelten Honig in den Tee. Greta rührte energisch mit dem Löffel in der Tasse herum, als ob es auf dem Tassengrund ein Geheimnis zu entdecken gäbe.

»Hast du die Reihe mit den Büchern im hinteren Regal gesehen?«, fragte Lisa.

»Nun, die ist mir auch aufgefallen. Wirklich merkwürdig.«

»Wieso? Weil die Bücher stehen geblieben sind?«

»Ja … Nein … Nicht nur. Aus dem Regal hat der Einbrecher alle Bücher ausgeräumt und auf den Boden gestellt. Dafür hat er andere in einer Reihe reingestellt, als ob er die neu sortieren wollte.«

»Ach? Die Bücher standen vorher woanders?«, fragte Lisa.

»Genau, die stehen normalerweise nicht in dem Regal. Was das soll, weiß ich nicht.«

Nachdenklich tranken beide ihren Tee.

»Hallo, die Damen«, grüßte Hannes.

Er stellte seinen Werkzeugkasten ab und warf kurz einen Blick in das *Buchmobil.*

»So schlimm sieht das doch gar nicht aus«, stellte Hannes fest.

»Lisa und ich haben schon aufgeräumt, mein Lieber. Als ich dir die WhatsApp gesendet habe, lagen alle Bücher auf dem Boden verteilt. Das Regal in der Mitte haben wir schon wieder aufgestellt.«

»Mhm.«

Hannes untersuchte die Eingangstür.

»Da kann ich nichts machen. Das Schloss ist auf jeden Fall hin, das kann ich nicht mehr reparieren.«

»Hab ich mir gedacht«, sagte Greta.

»Das Problem ist, dass es für so einen alten Wagen keine Ersatztüren mehr gibt. Du, da muss ich erst im Internet recherchieren, ob ich was Passendes finde.«

»Puh, das kann dauern, oder?«, fragte Greta.

»Ja. Ich probier mal, die Tür notdürftig zu reparieren.« Hannes zeigte auf den Werkzeugkoffer.

»Vielleicht hält es eine Weile.«

»Da bin ich zuversichtlich, dass du das hinbekommst.«

Greta hatte offensichtlich gute Erfahrungen mit Hannes handwerklichen Fähigkeiten.

»Ist mit dir alles in Ordnung?«, fragte Hannes mit einem besorgten Gesichtsausdruck auf Greta.

Lisa entging nicht, dass Greta Tränen in die Augen traten.

Hannes hatte Lisa mal erzählt, dass Greta sich damals für das *Buchmobil* eingesetzt hatte, obwohl am Anfang ein paar dagegen waren. Nach und nach hatte sie immer mehr Bücher besorgt für den Wagen. Greta hatte es geschafft, selbst dem größten Lesemuffel das eine oder andere Buch aufzuschwatzen. Jeder wusste, dass Greta bei der Rückgabe nachfragte, wie der Leser es gefunden hatte und gerne über den Inhalt diskutierte. Deshalb wagte es niemand, ein Buch ungelesen zurückzubringen.

Lisa hatte das Gefühl, es wäre besser, die beiden einen Moment alleine zu lassen.

»Ich räum mal weiter auf«, sagte Lisa und verschwand im Wagen.

Sie hob die letzten Bücher vom Boden auf und legte sie in ein Regal. Als Nächstes ging sie zu dem Regal im hinteren Teil und stand vor der Reihe mit Büchern, von der Greta vorhin gesprochen hatte. Es standen tatsächlich ein paar Bücher akkurat in einer Reihe. *Seltsam*, dachte Lisa und sah die Titel genauer an. Nach kurzer Zeit merkte sie, dass die Titel das Rätsel nicht lösen konnten. Dort standen *Publikumsbeschimpfung* von

Peter Handke neben *Feuer und Stein* von Diana Gabaldon und *Sturmfeuer* von Tim Erzberg neben *Man sieht auch mit den Ohren gut* von Kerstin Unseld. Entweder hatte der Einbrecher einen breit gefächerten Lesegeschmack oder er hatte die Bücher wahllos nebeneinandergestellt. Vielleicht hatte er beim Einbruch einen Anflug von Reue verspürt und wollte aufräumen? Lisa beäugte noch einmal alle Titel und nahm einzelne Bücher aus dem Regal. Das half nicht weiter, deshalb stellte sie die Bücher an ihren Platz zurück. Lisa überlegte, ob sie wieder zu den beiden nach draußen gehen sollte, und strich dabei mit ihrer Hand an den Büchern entlang. Bei dem Buch, das links am Ende der Reihe stand, stutzte sie und sah genauer hin, dann beäugte sie das nächste in der Reihe und so weiter.

»Greta«, rief Lisa, »ich hab es!«

Greta und Hannes kamen sofort zu ihr und sahen sie fragend an.

»Na, hier, das mit den Büchern«, rief Lisa aufgeregt, »achtet auf die Namen der Autoren.«

Greta und Hannes starrten auf die Namen. Lisa wurde ungeduldig.

»Ihr müsst nur die Anfangsbuchstaben der Nachnamen lesen! Das ergibt ZIGEUNER WEG HIER.«

Beide sahen Lisa verblüfft an. Anhand der Anfangsbuchstaben überprüften sie den Satz und kamen zum gleichen Ergebnis.

»Das gibt's doch nicht«, stieß Hannes hervor.

»Was soll das denn?«, fragte Greta entsetzt.

»Das weiß ich auch nicht, aber Zufall ist das nicht, wenn ihr mich fragt«, kombinierte Lisa.

Greta nickte energisch.

»Auf jeden Fall haben wir es mit einem kreativen Einbrecher zu tun«, stellte Hannes fest und grinste.

»Kreativ mit Rechtschreibschwäche.«

Lisa und Greta folgten Hannes Zeigefinger mit ihren Blicken. Wenn man die Anfangsbuchstaben der Autorennamen aneinanderfügte, kam ein *ZIEHGEUNER* dabei heraus.

13

*H*eute Abend war Lisas Verabredung mit Jan und sie probierte sämtliche Kleidungsstücke an, die sie besaß. Obwohl vor ihrem Umzug viele Sachen in der Altkleidersammlung gelandet waren, gab es anscheinend noch zu viele Möglichkeiten, was sich zusammen tragen ließ. Lisa fiel die Entscheidung schwer. Bei ihrem hübschen blauen Kleid, das sie im letzten Sommer in Frankreich gekauft hatte, dachte sie *zu schick* und bei ihren Jeans mit passender Bluse urteilte sie *zu jung*. Bei sämtlichen Variationen fand sie einen Haken. Allmählich lief ihr die Zeit davon. Lisa hasste es zu spät zu kommen. Letztendlich entschied sie sich für ihre neueste Jeans. Dazu trug sie ein Longshirt mit braunweißem Blumenmuster. Sie betrachtete das Ergebnis von allen Seiten im Spiegel und war endlich zufrieden.

***

Im griechischen Restaurant Zorbas saß Jan an einem Tisch ziemlich weit vorne, sodass Lisa ihn sofort entdeckte.

Jan stand auf und begrüßte Lisa herzlich, er wagte eine leichte Umarmung. Zu einer Jeans trug Jan ein blaues, kurzärmliges Hemd, das gut zu seinen blonden Haaren passte. Ein graues Sakko hing über der Stuhllehne. Lisa entging sein gutes Aussehen nicht.

Beide setzten sich und schwiegen. *Komisch*, dachte Lisa, *ich habe mich so auf das Treffen gefreut und nun weiß ich nicht, was ich sagen soll.*

»Was …«, begann Jan.

»Wie …«, sagte Lisa im selben Moment. Beide lachten. Lisa ließ Jan den Vortritt.

»Was möchtest du trinken?«

»Gerne ein Glas Wein«, antwortete Lisa und fügte hinzu, »aber nur, wenn du eines mittrinkst.«

Jan winkte dem Kellner und bestellte.

»Du bist wohl öfters hier?«

»Ja, das ist mein Lieblingsrestaurant«, gab Jan zu.

»Ich liebe griechisches Essen«, gestand Lisa.

»Ich auch. Obwohl, seitdem ich Galloways züchte, esse ich nicht mehr gerne Fleisch im Restaurant. Das Fleisch von meinen Rindern schmeckt ganz anders – viel besser.«

»Das kann ich mir gut vorstellen. Ich kaufe am liebsten Biofleisch, aber oft kann ich mir das nicht leisten, bei den Preisen.«

»Bio ist eben keine Massenware.«

»Letztes Jahr zu Weihnachten habe ich Bio-Rouladen gekauft und ein Vermögen dafür bezahlt.«

»Wenn wir das nächste Mal Rinder zum Schlachten bringen, bekommst du was ab«, bot Jan an.

»Wenn ich mir das leisten kann«, scherzte Lisa.

»Ich mach dir natürlich einen Sonderpreis«, versprach Jan.

Nachdem sie bestellt hatten, fragte Jan, wie es ihr in Süddeutschland ergangen war. Lisa erzählte viel von beruflichen Dingen. Nur am Rande erwähnte sie einen Mann, mit dem sie zusammengelebt hatte. Zum Glück hakte Jan nicht nach. Lisa hatte keine Lust, Näheres zu erzählen.

»Jetzt erzähl du mal«, forderte Lisa Jan auf.

Jan schien private Themen ebenfalls zu meiden und erzählte von den Veränderungen auf dem Hof, seitdem er ihn übernommen hatte. Lisa überlegte kurz, ob sie fragen sollte, ob es eine Frau in seinem Leben gebe, entschied sich aber dagegen. Vielleicht wollte sie ein *Ja* nicht hören.

»Wie gefällt dir denn das Leben auf dem Campingplatz? Du wohnst ja schon eine Weile dort.«

»Super«, antwortete Lisa. Sie musste erst zu Ende kauen, bevor sie weiter sprechen konnte.

»Auf dem Platz ist es toll! Ich hab mich gut eingelebt. Alle sind total nett. Auch die, die nur am Wochenende oder in den Ferien kommen, scheinen in Ordnung zu sein.«

Lisa bemerkte, dass Jan sie nachdenklich und besorgt ansah.

»Ich bin total glücklich dort und möchte am liebsten nie wieder woanders wohnen. Die Entscheidung das Mobilheim zu kaufen, war genau richtig.«

»Das freut mich«, sagte Jan verhalten.

Lisa sah Jan traurig an und legte ihr Besteck auf den Teller. »Nur leider gibt es ein Riesenproblem.«

Jan horchte auf. »Was für eins?«

»Ein Investor will das Grundstück kaufen, auf dem der Campingplatz steht! Als ob es keine anderen Grundstücke gäbe. So ein Idiot«, schimpfte Lisa. »Wegen dem verliere ich vielleicht mein Zuhause.«

»Mhm«, machte Jan. Anscheinend wollte er das Thema nicht vertiefen und entschuldigte sich, um auf die Toilette zu gehen.

Lisa sah betrübt in ihr Glas, als Jan zurückkam. Er lächelte sie an.

»Traurig gucken passt nicht zu dir«, sagte er aufmunternd.

»Wem steht das schon?«, scherzte Lisa.

Jan schenkte Wein nach.

»Weißt du noch damals?«

»Oh ja. Erinnere mich bloß nicht daran.«

»Wieso nicht? War doch lustig.«

»Der Kater am nächsten Tag, der war überhaupt nicht lustig!«

Damals hatten sie an ihrem Lieblingsbaggersee in der Nähe von Lengburg gezeltet und die Nacht hindurch Wein getrunken. Sie hatten viel gelacht und über Gott und die Welt geredet. Und sie waren sich zum ersten Mal sehr nah gekommen. »Am Tag darauf hast du bis vier Uhr nachmittags geschlafen, das weiß ich noch ganz genau. Da hatte ich das Buch, das ich dabei hatte, fast durchgelesen«, scherzte Jan.

»Pah, gelesen! Dir ging es genauso schlecht wie mir am nächsten Tag.«

Lisa und Jan schwelgten noch lange in Erinnerungen. Die schmerzhaften Ereignisse aus der Vergangenheit umschifften sie geschickt. An einem so schönen Abend wollte niemand über alte Probleme reden.

Am nächsten Morgen saß Lisa auf ihrer Terrasse und frühstückte lange. Mit dem Lesen der Tageszeitung kam sie nicht weiter. Sie versuchte den Artikel eines Neuropsychologen zu lesen, der die Wirkung von Sudokurätseln auf das Gehirn erforschte, konnte sich aber nicht darauf konzentrieren. Einige Sätze hatte sie bereits dreimal gelesen, deshalb gab sie auf und legte die Zeitung zur Seite. Lisas Gedanken schweiften zum gestrigen Abend zurück, genauer gesagt zu Jan. Es war schön gewesen, ihn nach der langen Zeit zu sehen. Den Abend hatte sie sehr genossen. Tief in ihrem Inneren lauerte allerdings immer noch ein alter Schmerz, den sie gestern erfolgreich beiseitegeschoben hatte. Lisa dachte an den Abschied und an die lange Umarmung. Keiner hatte den anderen loslassen wollen.

Lisa rief sich zur Ordnung, es galt, wichtige Dinge zu erledigen. Zusammen mit den anderen Luchs-Campern musste sie die Demo weiter vorbereiten. Bis nächsten Samstag blieb nicht mehr viel Zeit.

Sonntagmorgens genoss Jan normalerweise das ausgiebige Frühstück – heute nicht. Die Zeitung lag ungelesen neben ihm. Er dachte immer wieder an den Abend mit Lisa. Nach ihrem ersten zufälligen Treffen im Wald nach so langer Zeit, hatte Jan sich eingestanden, dass er in den letzten Jahren oft an Lisa gedacht hatte. Jan war nach dem Abitur in Lengburg geblieben und hatte in Anbrück studiert. Es gab etliche Plätze, die ihn an Lisa erinnerten.

Jan hatte oft bereut, dass er damals nicht hartnäckiger gewesen war und auf einer Aussprache mit Lisa bestanden hatte. Aber als Jugendlicher war Jan noch unerfahren in Beziehungsdingen gewesen. In derselben Situation würde er heute anders reagieren. Nachdem Lisa von heute auf morgen nach Süddeutschland gezogen war, hätte er versuchen sollen, ihre Adresse herauszubekommen. Vielleicht hätte er ihr einfach nachfahren sollen … Aber Vergangenheit war Vergangenheit, die konnte er nicht mehr ändern. Also lenkte Jan seine Gedanken in die Gegenwart. Er hatte sich riesig über Lisas Zusage zum Essen gefreut. Der Abend mir ihr war wunderschön gewesen. Bloß als sie ihm vom Verkauf des Campingplatzes erzählt hatte, war Jan mulmig zumute geworden und …

Jans Tochter Rike stürmte in die Küche und unterbrach seine Gedankengänge.

S o ein Feigling«, wetterte Hannes.

»Was hast du erwartet? Der war immer schon so«, erwiderte Greta.

»Trotzdem, das ist eine Frechheit! Am Tag der Demo ist der Herr Bürgermeister auf Dienstreise. ›Eine dringende Angelegenheit, die nicht verschoben werden kann.‹ Das glaubt ihm doch niemand.«

Lisa betrachtete die Gruppe, die auf dem Parkplatz der Gesamtschule Lengburg stand. Fast alle, die dauerhaft auf dem Campingplatz lebten, waren mitgekommen. Lisa zählte sechsunddreißig Personen. Von hier aus ging die Demonstration los. Sie wollten durch den Ort bis zum Rathaus marschieren. *Eine illustre Truppe*, dachte Lisa. Die Schilder, die sie gebastelt hatten, hielten alle in die Höhe.

Beim Aufbruch skandierten alle: »Mobilhaus am See – Eigenheime Schnapsidee!«

Je näher sie der Innenstadt kamen, desto mehr Zuschauer standen am Straßenrand und beobachteten sie. Lisa hatte gehört, dass es sogar ein paar Gegendemonstranten aus dem Ort geben sollte und Bauer Tappe persönlich hatte sich angekündigt. Die Luchs-Camper hatten lange überlegt, ob sie einer Rede von Bauer Tappe zustimmen sollten. Letztendlich waren aber alle gespannt, was er sagen wollte, und hatten seiner Anfrage zugestimmt.

Ein paar Demonstranten verteilten Flugblätter, die sie in letzter Minute hatten drucken lassen.

An einer Kreuzung stießen ein paar Naturschützer aus Lengburg zu ihnen. Denen war es egal, ob die Camper auf dem Platz bleiben konnten. Ihnen ging es um das Naturschutzgebiet, das an den Platz angrenzte.

Auf dem Rathausplatz standen tatsächlich wie angekündigt ein paar Demonstranten aus Lengburg. Sie schwenkten ein großes Plakat, auf dem stand: *Bauen ist ein guter Zweck – Mobilhäuser? Die müssen weg!* Die Luchs-Camper ließen sich nicht provozieren, sondern skandierten weiterhin ihren eigenen Sprechgesang – nur eine Nuance lauter. Um den Straßenverkehr zu regeln, hatten zwei Polizisten die Demonstration begleitet. Die beiden blieben nun auf dem Rathausplatz stehen.

Greta, Hannes, Silvia, Frank, Lisa und ein paar andere Camper standen beisammen.

»Was denken die, was wir hier machen?«

»Wir wollen doch nur demonstrieren.«

»Na, Greta, bei dir weiß man nie«, neckte Hannes sie.

»Vorsicht«, drohte Greta im Spaß.

»Seht euch die ernsten Gesichter an. Wir sind doch keine Verbrecher«, sagte Silvia.

»Sei lieber still, sonst sag ich denen, dass du wochenlang Tomaten gesammelt hast«, neckte Hannes Silvia.

»Vielleicht sind die beiden auch nur neugierig und haben gar keinen Auftrag«, überlegte Frank.

Mittlerweile standen mehr neugierige Lengburger als Demonstranten auf dem Rathausplatz. Eine Bühne gab es nicht. Jedoch erwies sich der Springbrunnen, der am Ende des Platzes stand, als gute Möglichkeit. Der

Brunnen lag höher als der restliche Platz und eignete sich hervorragend dafür. Der Rand war aus Stein und breit genug, um sich darauf zu stellen. Hannes hatte ein mobiles Mikrofon mitgenommen. Seine vorbereitete Rede hatte er mit allen anderen abgesprochen. Er holte ein paar Zettel aus der Tasche, ging in Richtung Springbrunnen-Bühne, hielt kurz inne und zog Lisa am Ärmel: »Du kommst mit.« Lisa versuchte sich zu wehren – aber erfolglos. Hannes sagte irgendetwas von sie hätte es schließlich herausgefunden, da wäre es nur fair, wenn sie ...

Den Rest hörte Lisa nicht mehr, sie wusste nicht, wie ihr geschah und fand sich plötzlich auf der Bühne wieder. Hannes redete sofort los und stellte Lisa vor. Lisa nickte kurz und versuchte krampfhaft zu lächeln.

»Liebe Bürgerinnen und Bürger von Lengburg! Wir sind die, die auf dem Luchs-Campingplatz leben. Viele von euch kennen uns. Ihr wisst, dass wir seit Jahren friedlich in unseren Mobilheimen wohnen. Aus verschiedenen Gründen. Manche aus Überzeugung oder weil sie gerne in der freien Natur leben. Andere, weil die Rente für eine Wohnung in der Stadt nicht ausreicht und das, obwohl sie ihr Leben lang gearbeitet haben.«

Alle Camper klatschten Beifall.

»Jetzt müssen wir den Campingplatz räumen, weil dort ein Baugebiet entstehen soll ...«

Die Leute lauschten gespannt Hannes Ausführungen, der hervorragend redete. Hannes kam beim Naturschutzaspekt an.

»An dieser Stelle übergebe ich an Lisa, die hat zu dem Thema recherchiert und erzählt euch Genaueres.«

Hannes drückte Lisa das Mikrofon in die Hand. Sie erstarrte zur Salzsäule. Ihre Knie zitterten und alles um sie herum schien sich zu drehen. Ihre Gedanken rasten. Sie wollte nur runter von der Bühne, wusste aber nicht wie. Lisa war wie gelähmt, sie fühlte ihren Körper nicht mehr.

Ein paar der Luchs-Camper riefen: »Lisa, mach schon, sag ihnen die Meinung.«

»Lisa, Lisa, Lisa!«

Mehr aus Reflex denn aus Überzeugung hielt Lisa das Mikrofon an den Mund und versuchte zu sprechen.

»Also … ich … die …«, weiter kam Lisa nicht, ihr Herz raste wie ein D-Zug und sie hatte das Gefühl, keine Luft mehr zu bekommen. Panisch drückte sie Hannes das Mikrofon in die Hand und rannte in Richtung Rathaus davon. Nur weg von der Menge.

Lisa rannte unter dem Torbogen des Rathauses hindurch, der in einen Innenhof mündete. Sie blieb stehen und schnappte nach Luft. Wie eine Tigerin im Käfig ging sie auf und ab, dabei beruhigte sich ihr Atem allmählich. An einer Hauswand sackte sie in die Hocke, hielt ihre Hände vor das Gesicht und konnte die Tränen nicht mehr aufhalten.

Ein paar Sekunden später hörte Lisa ihren Namen und sah auf. Greta stand vor ihr. Lisa wollte nicht, dass Greta bemerkte, dass sie weinte, doch Greta konnte man nicht täuschen. Sie ging in die Hocke und legte ihre Hände auf Lisas Knie.

»Was hast du denn?«, fragte Greta vorsichtig.

»Logophobie. Hat man doch gesehen.«

»Was ist das?«

»Ich kann vor anderen Menschen nicht reden, das fängt schon an, wenn mehr als drei, vier Leute um mich herum sind, dann sag ich keinen Ton mehr. Da kann ich doch nicht auf einer Bühne was sagen!«, entrüstete sich Lisa.

»Ach, deshalb bist du vor dem *Buchmobil* mal so schnell weg, als immer mehr Leute hinzukamen?«

»Ja. Da kann der Hannes mich doch nicht auf die Bühne zerren!«

»Nun, das wusste Hannes ja nicht. Das hätte er nie gemacht, wenn er davon gewusst hätte, das schwör ich dir.«

Lisa beruhigte sich allmählich und sah Greta an.

»Alle anderen können sowas ja auch«, sagte Lisa mutlos.

»Bist du dir sicher?«

»Na klar, hast du doch gehört, wie souverän Hannes reden kann. Der war kein bisschen nervös.«

Greta lächelte. »Hannes hat früher als Vertriebsleiter gearbeitet. Da hat er ständig vor Kunden oder Mitarbeitern gestanden und geredet. Es ist kein Wunder, das der sowas mit links macht.«

Lisa sah Greta überrascht an.

»Ich mach das auch nicht gerne«, gestand Greta.

»Was? Du wirkst immer so selbstbewusst.«

»Selbstbewusst bin ich, ja, ich rede auch gerne, auch vor mehreren Leuten. Aber auf einer Bühne eine Rede zu halten, ist noch mal etwas ganz anderes. Das trauen sich die meisten nicht.«

Aber nicht alle brechen deshalb ihr Studium ab, weil sie zu feige sind, ein Referat zu halten oder in eine mündliche Prüfung zu gehen, dachte Lisa.

Sie holte ein Taschentuch aus ihrer Jacke.

»Danke Greta, dass du nach mir gesehen hast. Echt lieb von dir. Ich fahr zurück zum Platz.«

»Nach Hause? Wieso das denn?«

»Ich geh da nicht wieder hin. Die denken bestimmt alle, ich bin total bescheuert.«

»Was willst du denn alleine dort?« Greta stupste Lisa sanft am Arm.

»Weiß nicht«, antwortete Lisa.

»Na, siehst du!«

»Ich steige auf keinen Fall noch mal auf den Springbrunnen!«

»Musst du auch nicht. Wir gehen zurück und bleiben hinten stehen. Was meinst du?«

»Ich weiß nicht. Irgendwie komme ich mir doof vor.«

»Quatsch!«, sagte Greta energisch und zog Lisa am Ärmel hinter sich her.

»Gleich kommt der Bauer Tappe auf die Bühne. Das dürfen wir nicht verpassen.«

Lisa sah verschämt auf den Boden, als Greta mit ihn im Schlepptau zurückkehrte. Wie besprochen, blieben die zwei hinter den anderen Demonstranten stehen. Silvia entdeckte sie trotzdem und stürmte auf sie zu.

»Mensch, Lisa, das wär ja ein Ding mit der Fabrik. Super, dass du das rausgefunden hast.«

Lisa hörte noch ein paar ähnliche Kommentare. Niemand fragte, warum sie weggelaufen war. Erleichtert entspannte Lisa sich.

Dann kam Hannes auf sie zu.

»Da hab ich dir wohl keinen Gefallen getan, dich auf die Bühne zu schleifen? Du, das tut mir leid, ehrlich. Mir macht das nichts. Da vergisst man, dass andere damit vielleicht überfordert sind.«

»Ist in Ordnung Hannes, ich hätte auch was sagen können.«

»Kommt, wir drängeln uns nach vorne, Bauer Tappe ist da«, sagte Hannes.

»Nein, lass mal, Lisa und ich bleiben hier hinten. Ich schätze von Bühne hat Lisa für heute genug.«

»Dann geh ich alleine in die erste Reihe, ich will den zur Rede stellen.«

Greta hatte Lisa aus der Seele gesprochen. Lisa fühlte sich zwar besser, blieb aber lieber weit weg vom Springbrunnen. Sie war froh, dass sie nicht zum Platz zurückgefahren war.

Ein Raunen ging durch die Menge. Jemand kletterte auf den Brunnenrand. Vor Lisa stand eine Gruppe großer Männer und versperrte ihr die Sicht.

»Hallo, zusammen!«, hörte sie den Redner, »ihr kennt mich alle, da brauche ich mich nicht vorzustellen. Ja, ich bin der Böse, der das Grundstück verkaufen will.«

Keine schlechte Einleitung, fand Lisa. Die Stimme kam ihr bekannt vor, deshalb drängte sie an einem der Männer vorbei und sah auf die Bühne. Lisa traute ihren Augen nicht. Dort stand Jan!

16

*D*as konnte doch nicht sein! Wieso stand Jan auf dem Springbrunnen? Lisa dachte fieberhaft nach, fand jedoch keine Erklärung.

»Für die einen in Lengburg und Umgebung ist es positiv, dass ich Bauplätze für Eigenheime schaffe. Für die anderen ist es negativ, weil sie ihr Zuhause verlieren. Ich kann es nicht allen recht machen. Letztendlich ist es mein Grundstück, das ich verkaufen kann, an wen ich möchte …«

Lisa sah verwirrt auf den Boden. Der Inhalt von Jans Worten erreichte sie nicht.

»Ich dachte, Bauer Tappe kommt jetzt?«

»Das ist er doch.« Greta sah Lisa fragend an.

»Der da? Das ist Jan.«

»Jan Tappe, ganz genau.«

»Ihr habt immer von einem älteren Bauern gesprochen.«

»Stimmt. Wir haben oft vom alten Tappe geredet. Das ist der Schwiegervater von Jan.«

»Schwiegervater?«

»Ja, Schwiegervater. Der Jan hat dort eingeheiratet. Wusstest du das nicht?«

»Nein. Ich kenne Jan aus der Schule. Damals hieß er mit Nachnamen Kröger.«

»Er hat den Namen der Frau angenommen. Soweit ich weiß, war das von Anfang an klar, dass Jan den Hof übernimmt. Der Bauer Tappe hatte keine Söhne.«

Lisa stand völlig perplex neben sich und hörte alles wie durch einen Nebelschleier.

»Mit dem Geld aus dem Verkauf des Grundstücks habe ich vor, den Tappehof komplett auf Bio umstellen, das ist bestimmt in eurem Sinne, liebe Tierschützer. Die Umstellung kostet eine Menge Geld. Bei mir wächst ja einiges auf dem Hof, aber Geld hab ich leider noch nicht ernten können.«

Das Publikum lachte.

Jan redete mitreißend. Obwohl er der Feind der Demonstranten war, sprach er so überzeugend, dass einige das anscheinend vergaßen. Jan redete wie ein Politiker auf Wählerfang.

Lisa war entsetzt darüber, dass Jan ihr Feind war. Der, der das Grundstück verkaufen wollte, auf dem ihr Mobilheim stand. Sie glaubte es nicht! Bei ihrer Begegnung im Wald hatte sie ihm doch erzählt, dass sie dort lebte. In dem Moment musste er bereits gewusst haben, dass das Grundstück verkauft wird. Vielleicht hatte er sie deshalb so merkwürdig angesehen, überlegte Lisa. Im Wald hatte sie gedacht, es wäre, weil Jan es komisch fand, dass sie auf dem Campingplatz lebte. Und Jan war verheiratet! Wieso wusste sie davon nichts? Ebenso von seinem neuen Nachnamen. Dass er, nachdem sie weggezogen war, geheiratet hatte! Sie musste sich eingestehen, dass sie diese Neuigkeit tief enttäuschte …

In Gedanken versunken stand Lisa starr auf der Stelle. Plötzlich hörte sie ihren Namen.

»Das hat Lisa Frey herausgefunden, da können Sie es nicht einfach abstreiten«, sagte Hannes wütend.

»Ich streite gar nichts ab. Nur von einer Fabrik auf dem Gelände habe ich noch nie etwas gehört. Ihr wisst, ich lebe nicht erst seit gestern Lengburg!«

Jan blieb trotz der Anschuldigungen ruhig und gelassen.

Hannes sprang zu Jan auf den Brunnen.

»Wie gesagt, Lisas Recherche entspricht der Wahrheit. Um 1900 herum hat am See eine Lackfabrik gestanden. Wer weiß, was dort alles im Boden versickert ist. Damals war Umweltschutz kein Thema.«

»Ich versichere Ihnen, ich kümmere mich darum.«

Die Naturschützer waren entsetzt über diese Neuigkeit und riefen laut: »Pfui!«

Jan versuchte, die Leute zu beruhigen.

»Ich sag es noch einmal, wenn dort eine Fabrik am See gestanden hat, lasse ich das nicht außer Acht. Aber solange es für mich nur ein Gerücht ist, kann ich dazu keine Stellung nehmen.«

Hannes wandte sich an die Menge: »Ihr habt gehört, was Herr Tappe gesagt hat?«

»Ja!«, riefen die Demonstranten.

»Für heute beenden wir die Demo und gehen nach Hause. Das heißt aber nicht, dass wir Sie nicht im Auge behalten.«

Die Demonstration löste sich friedlich auf. Die Naturschützer blieben noch eine Weile auf dem Rathausplatz und diskutierten mit ein paar Luchs-Campern.

Lisa hastete zum Parkplatz. Dort sah sie Jan, der gerade in sein Auto steigen wollte. Jan warf ihr einen enttäuschten und zugleich wütenden Blick zu. Zuerst hatte

Lisa das Gefühl, er hielte kurz inne, um zu ihr zu gehen, doch dann stieg er entschieden in seinen Land Rover.

Lisa saß in ihrem Auto und holte tief Luft, bevor sie den Motor startete. Sie war froh, dass die Demo vorbei war und sie sich gleich in ihr Mobilheim verkriechen konnte.

17

*D*en Land Rover lenkte Jan auf seinen Hof und war froh, dass die Demonstration zu Ende war. Alkohol trank Jan nur gelegentlich, aber jetzt brauchte er ein Bier.

Mit der Flasche in der Hand stand Jan in der Küche und sah aus dem Fenster auf die angrenzende Weide. Dort grasten seine Galloways. Die Herde war noch klein, aber ein paar Kälber stammten bereits aus der eigenen Zucht. Jan liebte den Anblick der Tiere.

Galloways waren eine der ältesten Rinderrassen Europas, die ursprünglich aus dem Südwesten Schottlands stammten. Vor dem Kauf der ersten Tiere hatte Jan viel darüber gelesen. In einem Buch war er darauf gestoßen, dass schon die Römer Galloways wegen des exzellenten Fleischgeschmacks liebten. Dabei war das langsame Wachstum der Rinder für den Geschmack wichtig.

Seinen Plan, den Hof komplett auf Bio umzustellen, sah Jan im Moment in weite Ferne rücken. Dafür brauchte er Geld. Einnahmen aus dem Verkauf des Grundstücks, auf dem der Campingplatz stand. Die Gallowayzucht sollte mindestens um das Doppelte wachsen. Das Fleisch erfreute sich allgemeiner Beliebtheit und Kunden griffen dafür gerne tief in die Tasche. Gesunde, starke Tiere verkauften sich zudem gut an andere Züchter. Wenn die Gallowayherde wuchs, brauchte sie mehr Weidefläche. Die Tiere bekamen keinerlei Mastfutter. Nur im Winter fraßen sie zusätzlich Heu.

Darüber hinaus plante er, alle Landwirtschaftsflächen in Bioanbau umwandeln. Obst- und Gemüseflächen, die zum Hof gehörten, wollte er vergrößern.

Ein paar Hühner hielt Jan ebenfalls, aber die Eier reichten nur für den Eigenbedarf. Lediglich ab und zu verkaufte er ein paar an Stammkunden. Ob Jan diesen Geschäftsbereich des Hofes auch vergrößern wollte, hatte er noch nicht entschieden.

Alles in allem stand Jan ein langwieriger Prozess bevor, der zunächst nur Geld kostete. Vor allem die Umstellung der Obstflächen dauerte bis zu drei Jahre. Jan beantragte zwar Fördermittel, aber der Eigenanteil war trotzdem hoch. Wenn alles so liefe, wie Jan sich das vorstellte, wollte er einen eigenen Hofladen eröffnen.

Jan war seinem Ziel schon so nah. Und jetzt kam diese Geschichte mit der angeblichen Fabrik ans Licht. Plötzlich redeten alle von kontaminiertem Boden. So ein Quatsch.

Langsam beruhigte Jan sich. Er merkte, dass der wahre Grund für seine Enttäuschung nicht die Geschichte mit der Fabrik war, sondern dass Lisa die Sache ausgegraben hatte.

Er versuchte, alles realistisch zu betrachteten und gestand sich ein, dass Lisa bestimmt geschockt darüber war, dass der Campingplatz bald nicht mehr existierte, nachdem sie gerade ihr Mobilheim dort aufgestellt hatte. Bei der Begegnung im Wald war er kurz davor gewesen, ihr etwas zu sagen. Aber zu dem Zeitpunkt hatte er noch keine endgültige Zusage vom Investor gehabt. Die hatte

Jan erst nach dem zufälligen Wiedersehen mit Lisa bekommen.

Verstehen konnte er Lisa schon. Er würde in der gleichen Situation ebenfalls versuchen, sich gegen den Verkauf des Grundstücks zu wehren und hätte die Geschichte mit der Lackfabrik auch nicht für sich behalten.

Außerdem, was hatte er denn erwartet? Nach all den Jahren? Dass Lisa sich mit ihm verbündete?

Jans Gedanken schweiften weit zurück in seine Schulzeit. Hätte er damals bloß alles eher durchschaut. Vielleicht wären Lisa und er dann zusammen glücklich geworden …

18

*D*ie Morgendämmerung setzte bereits ein, als Lisa aufwachte. Sie wunderte sich, dass sie überhaupt ein Auge zugemacht hatte. Die gestrigen Ereignisse schwirrten in ihrem Kopf herum. Dieses Erlebnis auf dem Springbrunnen! Und dann lief sie weg! Wie ein Teenie, dabei war sie eine erwachsene Frau. *Eine erwachsene und bald alte Frau, die nicht vor anderen reden kann,* dachte Lisa bitter.

Sie fragte sich, warum sie sich bloß auf die Bühne hatte schleifen lassen? Vielleicht hatte sie die anderen nicht enttäuschen wollen? Vor allem Greta und Hannes.

Als sie vor eineinhalb Jahren von Süddeutschland zurück in den Norden gezogen war, hatte sie niemanden mehr in der Gegend gekannt. Schulfreundschaften hatte sie nicht aufrecht erhalten, nach ihrem überstürzten Umzug in den Süden. Sie fing bei null wieder an. Bislang hatte Lisa leider noch nicht die Zeit gefunden, um einen neuen Freundeskreis aufzubauen. Damals hatte sie ihre kranke Mutter gepflegt, was viel Zeit in Anspruch genommen hatte. Aber aus diesem Grund war sie schließlich zurückgekommen. Sie hatte nicht gewollt, dass ihre Mutter in ihren letzten Monaten in einem Heim leben musste. Höchstens ein halbes Jahr, hatten die Ärzte prophezeit. Fast ein Jahr hatten sie noch zusammen verbringen können und Lisa war froh über jeden Tag.

Erst danach hatte sie den Job angefangen, in dem sie jetzt arbeitete. Dann war sie mit der Planung und

Realisierung des Mobilheims beschäftigt gewesen. Nach dem Umzug in ihr neues Zuhause sollte endlich wieder Ruhe in ihr Leben einkehren. Das hatte Lisa gehofft.

Stattdessen stand in der Zeitung, dass das Grundstück, auf dem ihr neues Zuhause stand, verkauft werden soll. Dann noch gestern die Entdeckung, dass Jan der Bauer war, der das Grundstück verkaufen wollte. Über diese Enttäuschung kam Lisa nicht hinweg. Jan war tatsächlich derjenige, der ihren Rentenplan zunichtemachen würde. Wegen dem sie ihr neues Zuhause verlassen müsste. Zu allem Übel war er auch noch verheiratet! Schlimmer konnte es nicht mehr kommen.

Lisa schielte alle paar Sekunden zu ihrem Smartphone, das weder blinkte, noch irgendein Geräusch von sich gab. Hoffte sie tatsächlich, dass Jan sie anriefe? Oder eine WhatsApp schrieb? *Das ist total naiv*, ermahnte Lisa sich. Dann siegte erneut die Wut. Wie konnte er ihr nur verheimlichen, dass er verheiratet war? So was machte man doch nicht! Wieso verabredete er sich denn mit ihr zum Essen? Nur, um über alte Zeiten zu plaudern?

Lisa dachte angestrengt über alles nach, bis ihr der Kopf wehtat. Neue Aspekte oder Lösungen kamen ihr nicht in den Sinn, deshalb beschloss Lisa schwimmen zu gehen. Sie freute sich schon lange darauf, im See schwimmen zu können. Sie schwamm oft und gerne, aber in der letzten Zeit kam ihr Hobby zu kurz. Die Wassertemperatur war wahrscheinlich noch sehr niedrig. Nach den wärmeren Sonnentagen am Anfang des Monats war das Thermometer in den letzten Tagen gesunken. Lisa störte das nicht, dann würde sie eben nicht lange im See bleiben – Hauptsache schwimmen.

Lisa zog ihren Badeanzug an, einen Bademantel darüber und schlenderte mit Handtuch in der Hand zum See. Es wurde bereits hell, war aber kälter, als Lisa dachte. Sie hoffte, dass die Sonne gleich herauskommen würde. *Wer weiß, wie oft ich noch im See schwimmen kann*, dachte Lisa bitter.

***

In der Sonntagszeitung las Jan es schwarz auf weiß. Um 1900 hatte am See eine Lackfabrik gestanden und die Wahrscheinlichkeit war groß, dass der Boden kontaminiert war. Wenn Jan Pech hatte, konnte aus dem Grundstück kein Bauland werden. Das kleinere Übel wäre, wenn das Grundstück verseucht wäre, der Boden aber abgetragen werden könnte. Das würde einiges kosten, aber Jan könnte das Areal trotz allem verkaufen. Ihm war klar, wenn so etwas erst publik würde, würden die Leute aufhorchen und vorsichtig werden. Das verstand Jan gut, er würde ein Haus auch nicht auf verseuchtem Boden bauen wollen.

In der Zeitung stand, dass die Fabrik Konkurs anmelden musste und danach abgerissen worden wäre. Jahre später wären immer mehr Leute zum Baden an den angrenzenden See gefahren und dadurch wäre jemand auf die Idee gekommen, dort einen Campingplatz zu bauen. Bei der Umsetzung hatte sich anscheinend niemand mehr an die Fabrik erinnert oder es hatte niemanden interessiert. *Also bei der Zeitung war Lisa auch schon,* dachte Jan enttäuscht. Lisa hätte auch erst mit ihm reden können, aber nein, da musste sie gleich zur Zeitung rennen!

In der letzten Nacht hatte Jan schlecht geschlafen und war vor der Dämmerung aufgewacht. Auf Frühstück hatte er keine Lust. Jan beschloss, mit seinem Hund spazieren zu gehen. Frische Luft und das Laufen im Wald würden ihm guttun.

So früh am Sonntag begegnete Jan niemandem, selbst Jogger waren noch nicht unterwegs. Er genoss die Einsamkeit und Ruhe im Wald. Ursprünglich hatte er einen anderen Weg einschlagen wollen, ging aber plötzlich oberhalb des Sees entlang, der zum Campingplatz gehörte. *Vielleicht unbewusst,* dachte Jan, *wenn ich mich permanent mit dem Gelände beschäftige.* Er bog vom Weg ab in den Wald hinein und stapfte durch dichtes Moos zum Seeufer. Von hier aus sah er den Campingplatz auf der anderen Seite. Dort schienen alle noch zu schlafen. Jan setzte sich auf einen großen Stein am Ufer und ließ den Blick über das Wasser gleiten. Das beruhigte ihn. Lexa machte sogar freiwillig neben ihm Platz, was sie selten tat. Die agile Hündin war sonst nicht zu stoppen und schien nach stundenlangen Spaziergängen immer noch weiterlaufen zu wollen. Jan blickte zum Steg auf der andern Seite hinüber und traute seinen Augen nicht. Dort stand Lisa. Sie zog ihren Bademantel aus und legte ihn auf den Steg. Der schwarze Badeanzug, den sie trug, war knapp geschnitten und selbst aus dieser Entfernung erkannte Jan ihren hübschen Körper. Die Jahre waren nicht spurlos an Lisa vorbeigegangen, aber sie sah immer noch sehr attraktiv aus. Jans Gedanken schweiften zu den langen Sommertagen, die er mit Lisa am Baggersee verbracht hatte. Ein Bild von Lisa im Bikini konnte Jan nicht verdrängen. Schnell wischte er die Erinnerung weg.

Sie will doch wohl nicht baden? Um diese Jahreszeit?, schoss es Jan durch den Kopf. Lisa kletterte die Leiter, die am Steg befestigt war, hinunter. Mit einem Fuß testete sie die Wassertemperatur und zog ihn sofort zurück. Abschrecken ließ Lisa sich dadurch aber nicht, sie stieg weiter die Leiter runter und verschwand bis zum Bauch im Wasser. *Mutig war Lisa schon immer*, dachte Jan. Nicht das, was man allgemein darunter verstand. Zumindest trug sie diese Eigenschaft nicht nach außen, das hatte Jan damals an ihr bewundert. Lisa zog die ersten Schwimmzüge durch den See. *Lange wird sie es in dem kalten Wasser nicht aushalten*, überlegte Jan. Eine Weile beobachtete er Lisa beim Schwimmen. Dann stand er auf und ging mit Lexa weiter. Nach ein paar Schritten drehte er sich noch einmal um. Lisa war in der Mitte des Sees angekommen. Gerade als Jan dachte, dass das nicht ungefährlich war, sah er Lisa in ihren Schwimmbewegungen innehalten. Sie ruderte mit den Armen in der Luft herum. Jan eilte zum Seeufer zurück.

»Lisa! Alles in Ordnung?«, rief Jan.

Lisa hörte ihn anscheinend nicht. Dafür hörte Jan, dass sie um Hilfe rief.

19

Jan zögerte nicht. Er zog Schuhe, Jacke und Jeans aus und sprang mit einem Köpper in den See.

Eisige Kälte umschlang seinen Körper. Er holte ein paar Mal tief Luft, bevor er weiterschwimmen konnte. Lexa rannte kläffend am Ufer hin und her, traute sich aber nicht, Jan zu folgen. Nach einigen kräftigen Zügen kam er bei Lisa an, die heftig hustete. Wahrscheinlich hatte sie unfreiwillig Wasser geschluckt. Eine Hand hielt sie krampfhaft an ihre Wade gepresst. Lisa starrte Jan fassungslos an, sagte aber nichts.

»Halt dich an mir fest«, befahl Jan.

Lisa gehorchte und krallte sich in Jans Armen fest, so dass er fast aufgeschrien hätte vor Schmerz. Jan begriff sofort Lisas Panik und versuchte sie zu beruhigen.

»Ganz ruhig atmen.« Jan löste einen Arm von ihr und zog Lisa langsam bis zum Ufer.

Als ihre Füße den Sand berührten, wehrte Lisa sich abrupt gegen Jans Griff und fuhr ihn an: »Ich kann das alleine!«

»Das hab ich gesehen.«

Keuchend stolperte Lisa zum Ufer und ließ sich in den Sand fallen. Lisa bekam immer noch nicht richtig Luft und hustete. Jan rannte zum Steg. Mit ihrem Bademantel und dem Handtuch eilte er zurück. Sie waren im Westen des Sees gelandet, dort, wo der kleine Sandstrand direkt in den Wald überging. Die Bäume boten Schutz vor dem Wind, aber kalt war es trotzdem. Jan reichte Lisa das Handtuch und wollte den Bademantel um ihre Schultern legen. Doch Lisa riss ihm den Bademantel aus der Hand und wickelte sich darin ein. Sie zitterte wie Espenlaub und klapperte mit den Zähnen. Die ersten Sonnenstrahlen lugten hervor und erwärmten langsam die Luft.

»Wie kannst du nur in dem kalten Wasser schwimmen gehen?«

»Mir war halt danach«, antwortete Lisa kleinlaut.

Jan wagte es, einen Arm um sie zu legen. Zu seinem Erstaunen wehrte sie sich nicht. Im Gegenteil, Lisa schmiegte den Kopf an seine Brust und begann zu schluchzen. Jan zog Lisa fester zu sich heran und wiegte sie im Arm. Allmählich beruhigte Lisa sich und sah zu ihm hoch.

»Eigentlich kann ich doch gut schwimmen«, sagte Lisa verwundert.

»Du kannst super schwimmen, nur in dem kalten Wasser kann jeder einen Krampf bekommen. Das ist kein Wunder, wenn die Muskeln noch kalt sind und die Wassertemperatur so niedrig ist wie heute, da ist die Gefahr einen Krampf zu bekommen besonders hoch«, beruhigte Jan sie.

»Im Erklären warst du schon immer super.«

Jan lachte.

Beide sahen sich in die Augen. Jan beugte sich zu Lisa und küsste sie vorsichtig auf den Mund. Lisa erwiderte seinen Kuss, der schnell leidenschaftlicher wurde. Jan vergaß seine nassen Sachen und die Kälte. Lisa und Jan genossen die überraschende Nähe und gaben sich ganz ihren Gefühlen hin, bis Lexa bellend auf die beiden zugeschossen kam.

20

L isa hatte in ihrem ganzen Leben noch nie so lange geduscht wie heute. Am liebsten wäre sie stundenlang unter der Dusche geblieben.

Ihre Gedanken schweiften zu Jan. *Wie konnte sie nur!*, dachte sie im einen Moment und im nächsten merkte sie, dass sie jede Sekunde mit ihm genossen hatte. Lisa hatte das Gefühl, es könnte nicht sein, dass sie sich so lange nicht gesehen und berührt hatten. Ihr war alles zu vertraut vorgekommen. Nach all den Jahren!

Der Friede hatte allerdings nicht lange angehalten. Kurz nachdem die Hündin sie gestört hatte, war Jan auf das Thema Grundstücksverkauf zu sprechen gekommen. Nicht sehr sensibel, fand Lisa. Das hätte er doch merken müssen. Leider hatte sie in dem Moment ihre Emotionen nicht im Griff gehabt. Lisa hatte sofort losgeschrien, woraufhin Jan sauer reagiert hatte. Ein Wort gab das andere. Jan wollte ihr das Zuhause wegnehmen und Lisa stand Jans Plänen im Weg. Von einem konstruktiven Streit war das Ganze weit entfernt gewesen. Beide waren im Streit auseinandergegangen, was Lisa längst bereute. Ihren Bademantel hatte er zumindest angenommen und war damit in Richtung Sanitärräume verschwunden.

Lisa wusste nicht, worüber sie sich mehr ärgerte, den Streit oder dass sie sich auf ihn eingelassen hatte. *Ein verheirateter Mann, Lisa, wohin soll das führen? Nirgendwohin!*

Nach dem Duschen mummelte Lisa sich in ihren dicken Pullover und eine gemütliche Hose ein. Zusätzlich legte sie sich eine Decke um die Schultern. Mit einem heißen Tee setzte sie sich auf die Stufen ihres Mobilheimes. Ihr Körper taute allmählich auf. Lisa schaute in die Bäume gegenüber, bis eine Stimme sie aus ihren Gedanken riss.

»Hallo, Lisa«, grüßte Greta.

Lisa winkte ihr zu.

»Hi.«

Greta sah Lisa skeptisch an.

»Alles in Ordnung bei dir?«

»Ja«, sagte sie nicht sehr überzeugend.

»Nun«, Greta zeige auf die Tasse in Lisas Hand, »hast du noch einen?«

»Oh, klar.«

Lisa freute sich über den Besuch von Greta und holte eine zweite Tasse Tee aus der Küche.

Greta setzte sich neben Lisa auf die Stufen. Beide schwiegen einen Moment.

»Bisschen zu dick der Pullover, oder?«

»Nee. Ich war im See schwimmen.«

Gretas Augenbrauen schossen in die Höhe.

»Du warst im See? Bei der Kälte?«

»Ja, ich hatte eben Lust zu schwimmen.«

»Okay, dann bräuchte ich jetzt drei Pullover und zehn Decken«, lachte Greta.

»Mache ich auch nie wieder. In der Mitte vom See hab ich einen Krampf bekommen. War nicht lustig«, erzählte Lisa lakonisch.

»Oh, nein. Und geht es jetzt wieder?«

»Ja, alles in Ordnung.«

Greta sah Lisa ins Gesicht. »Aber nur körperlich, oder?«

»Mhm.«

»Was ist denn passiert? Oder möchtest du deine Ruhe haben?«

»Nein, es ist schön, dass du da bist.«

Lisa holte tief Luft.

»Die blödeste Geschichte, die du dir denken kannst: Ein verheirateter Mann.«

»Oh, das tut mir leid. Geht das schon lange mit euch?«

Lisa staunte über Gretas Verständnis. Damit hatte sie nicht gerechnet. »Du regst dich ja gar nicht auf!«

»Wieso sollte ich?«

»Na ja, die meisten Frauen reagieren auf so etwas eher mit: ›Wie kannst du nur?‹ und ›Einer anderen Frau den Mann wegnehmen!‹«

»Quatsch. Wenn ein Mann fremd geht, ist das seine Entscheidung, selbst wenn die andere Frau ihn verführt hat, er lässt sich ja verführen. Und du hast keine Verantwortung für eine Frau, die du gar nicht kennst! Oder ist es eine Freundin von dir?«

Lisa winkte ab.

»Nein, um Gottes Willen.«

»Na, dann ist das doch grundsätzlich erst mal okay.«

»Aber?«

»Nun, dir geht es nicht gut damit.«

»Ja. Ich bin so sauer auf mich selber, dass ich mich auf ihn eingelassen habe.«

»Das kann ich gut verstehen, hilft aber nicht weiter.«

»Plus, ich habe trotzdem ein schlechtes Gewissen, auch wenn ich seine Frau nicht kenne.«

»Nun, ein schlechtes Gewissen ist ja immer ein Zeichen dafür, dass man sich von sich selber entfernt. Ich meine, in dem Moment, in dem du dich auf den Mann eingelassen hast, war es doch für dich genau richtig, also stimmig. Dann bleib einfach bei dem Gefühl.«

»Du meinst, immer wenn man ein schlechtes Gewissen hat, entfernt man sich von sich selber?«

»Ja, ich glaube schon. Zum Beispiel wenn du dich mit einer Freundin triffst, obwohl du dazu keine Lust hast. Wenn du aber absagst, hast du ein schlechtes Gewissen. In dem Moment entsteht das schlechte Gewissen daraus, weil du nicht das tust, was du eigentlich möchtest. Aber zurück zu deinem Problem. Wie lange kennst du ihn denn schon?«

»Über dreißig Jahre.«

Lisa sah Gretas entsetzten Gesichtsausdruck und fügte schnell hinzu: »Nein, so nicht. Er war meine Jugendliebe. Nach dem Abitur haben wir uns aus den Augen verloren. Bis ich ihm letztens zufällig begegnet bin. Ein paar Tage später hatte ich eine Einladung zum Essen von ihm in der Post.«

»Lass mich raten. Du hast die Einladung angenommen, oder?«

»Ja, hab ich. Da wusste ich noch nicht, dass er verheiratet ist. Ich finde, er hätte das bei unserem gemeinsamen Essen erwähnen können. Aber nein, das hat er bestimmt extra nicht erzählt!«

Lisa redete sich in Rage und schloss mit dem Satz: »Ich hasse ihn!«

Greta sah Lisa besorgt an.

»Das tut mir leid.«

»Muss es nicht, bin ja selber schuld.«

»Nein, ich meine, dass du ihn hasst. Dann sind heftige Gefühle im Spiel. Hass ist ja nicht das Gegenteil von Liebe, das Gegenteil ist Gleichgültigkeit und davon bist du weit entfernt.«

Lisa sah Greta nachdenklich an.

»Puh, da hast du Recht. So hab ich das noch nicht gesehen.«

Beide schwiegen. Lisa dachte darüber nach, ob sie Greta erzählen sollte, dass es Jan Tappe war, über den sie hier sprachen, entschied sich aber dagegen. Im Moment fühlte Lisa sich zu schwach, um der Freundin auch noch zu gestehen, dass sie quasi mit dem Feind turtelte.

»Also falls du meinen Rat möchtest? Wenn es für dich nur eine Affäre ist, vielleicht was Kurzfristiges und du damit gefühlsmäßig klarkommst, dann genieß es.«

Lisa schüttelte heftig den Kopf.

»Wenn die Gefahr besteht, dass du dich ernsthaft verliebst, dann enden solche Geschichten in den allermeisten Fällen nur im Leid.«

»Meinst du? Sprichst du aus Erfahrung?«

»Nein. Ich hab das ein paar Mal bei Freundinnen miterlebt. Die machten sich monate- und teilweise sogar jahrelang Hoffnung, dass er endlich seine Frau verlässt, um mit ihnen zusammenzuleben. Meistens gibt es irgendwelche äußeren wichtigen Gründe, warum eine Scheidung noch nicht möglich ist. Zum Beispiel, die Kinder müssen erst die Grundschule beendet haben. Manchmal haben die Kinder dann schon das Abitur und der Mann hat seine Frau immer noch nicht verlassen.«

»Das könnte ich nicht ertragen.«

»Dann halt dich von ihm fern. Tut mir leid Lisa, ich gönn dir alles Glück der Erde, aber das hört sich nicht nach Blumenwiese an.«

Lisa sah eine Weile traurig in die Bäume, dann fing sie sich allmählich.

»Was ist eigentlich mit Hannes und dir?«, fragte Lisa neugierig.

»Was soll mit uns sein?«

»Na, seid ihr eigentlich ein Paar?«

Greta lachte.

»Nein, wir sind kein Paar. Werden wir auch nicht.«

»Ach, ihr macht immer so einen vertrauten Eindruck.«

»Wir kennen uns schon ewig. Seine Frau war meine beste Freundin und Hannes war mit meinem Mann befreundet. Damals haben wir oft zusammen was unternommen.«

»Und dann nicht mehr?«, fragte Lisa leichthin.

»Nein, Hannes ist schon lange Witwer und mein Mann ist vor fünf Jahren gestorben.«

»Oh, das wusste ich nicht«, sagte Lisa entschuldigend.

»Alles in Ordnung, Lisa, konntest du ja nicht wissen.«

»Ward ihr lange verheiratet?«

»Neununddreißig Jahre.«

»Das ist ja toll. In meinem Leben schaffe ich das wohl nicht mehr«, stellte Lisa fest.

»Wer weiß!«

Aufmunternd zwinkerte Greta Lisa zu. Doch Lisa dachte sehnsüchtig an Jan und war traurig, dass es für sie keine gemeinsame Zukunft gab.

21

*J*an saß in seinem Büro und dachte an das Ereignis vor zwei Tagen am See zurück. Seine Gefühle wechselten zwischen Romantik und Wut. Wie konnte Lisa nur so heftig reagieren? Jan hatte das Thema Grundstücksverkauf lediglich ansprechen wollen. Er hatte gehofft, dass er mit ihr sachlich über alles reden könnte. Leider hatte das nicht funktioniert. Jan schenkte heißen Tee aus der Kanne nach, die auf seinem Schreibtisch stand. Heute Morgen war er mit Kopfschmerzen aufgestanden und hatte das Gefühl, eine Grippe zu bekommen. *Kein Wunder*, dachte er, *bei der Kälte im See. Und dann lässt sie mich im Bademantel dort stehen! Unglaublich! Ich rette sie aus dem See und das ist der Dank.*

Jan hatte in den sanitären Anlagen auf dem Campingplatz lange geduscht. Als er überlegt hatte, wie er am unauffälligsten zu seinen Sachen im Wald gelangen könnte, war ein Camper in die Dusche gekommen. Jan hatte seine Situation erklärt und nach anfänglichen skeptischen Blicken hatte der Camper ihm mit Kleidung ausgeholfen.

Jans Gedanken schweiften ab – zu dem Kuss von Lisa – nach so vielen Jahren. Ihr Körper fühlte sich genauso fantastisch an wie damals. Gleichzeitig hatte Jan ein schlechtes Gewissen gegenüber seiner Frau. Er versuchte alle Gedanken und Emotionen beiseitezuschieben, um sich auf die Arbeit zu konzentrieren.

Eigentlich saß Jan in seinem Büro, weil er telefonieren wollte. Also wählte er endlich die Telefonnummer, die er auf einem Zettel notiert hatte.

»Ja, Herr Middendorf, möglichst schnell. Die Presse lässt mich nicht in Ruhe und ich muss so schnell wie möglich wissen, woran ich bin«, sagte Jan.

»Eigentlich kann ich keine Aufträge mehr annehmen. Ich gönne mir eine längere Auszeit und bin nicht mehr lange in Deutschland. Wissen Sie …«

»Das verstehe ich, Herr Middendorf. Aber Sie sind mir empfohlen worden. Ich möchte vermeiden, dass jemand auf meinem Grundstück Bodenproben nimmt, der keine Ahnung hat. Nachher stimmt das Ergebnis nicht. Damit ist niemandem geholfen.«

»In Ordnung, Herr Tappe, danke für die Blumen. Ich kann Ihnen höchstens anbieten, dass ich ganz kurzfristig am Freitag mit einem Praktikanten zusammen die Proben nehme. Das Gutachten diktiere ich dann auf Band und mein Praktikant, Herr Schulz, schreibt es.«

»Ein Praktikant? Wenn es nicht anders geht und Sie mir ein einwandfreies Gutachten garantieren, nehme ich das Angebot an.«

»Herr Tappe, die Ergebnisse werte ich selbstverständlich selber aus. Mein Praktikant, der übrigens Geologie studiert, tippt das Gutachten nur.«

»Das wäre prima. Nur leider habe ich am Freitag keine Zeit, ich muss zu einem wichtigen Termin nach Anbrück.«

»Sie müssen nicht dabei sein. Am besten schicken Sie mir per E-Mail alle Unterlagen.«

»So machen wir es. Vielen Dank, Herr Middendorf.«

»Gerne geschehen. Und empfehlen Sie mich nicht weiter«, sagte Herr Middendorf lachend.

Als Nächstes rief Jan Herrn Schnoor an, um ihn zu beruhigen. Seitdem der Artikel in der Zeitung erschienen war, hatte der Investor unzählige Male auf Jans Anrufbeantworter gesprochen. Nach einigem Hin und Her gelang es Jan, Herrn Schnoor davon zu überzeugen, das Gutachten abzuwarten, bevor er vom Kauf zurücktrat.

Jan informierte die Presse darüber, dass er ein Gutachten in Auftrag gegeben hatte.

Dann hatte er für seinen Geschmack lange genug am Schreibtisch gesessen und machte sich auf den Weg zur Rinderweide. Dort gab es einiges zu tun. Jan freute sich darauf, draußen arbeiten zu können.

***

Viel hatte Jan noch nicht geschafft, als er den Trecker seines Nachbarn Piet hörte. Wie immer hielt Piet an, um einen Schnack zu halten. Heute hatte Jan darauf keine Lust, er wollte alleine sein.

»Moin«, grüßte Piet.

»Moin.«

Jan stellte sich zu Piet an den Zaun.

»Na, alles paletti bei dir?«

»Jau, muss ja«, antwortete Jan.

»Sag mal, das mit der Demo war ja ein Ding. Hab es von meiner Frau gehört, die war zufällig an dem Tag in

Lengburg. Da war ja ganz schön was los in unserem Städtchen. Mann, Mann.«

»Also, hast du es schon gehört?«

»Mit der alten Fabrik? Jau, das ist man doof gelaufen.«

»Das kannst du laut sagen. Ich dachte, ich geh zur Demo und stelle mich den Fragen der Leute, damit sich alle beruhigen. Aber nein, da muss jemand diese alten Sachen ausgraben.«

»Soll ja eine vom Campingplatz gewesen sein?«

»Ja.«

»Ich hab's dir gleich gesagt, dass das nicht so einfach wird mit dem Grundstück.«

»Einfach … na ja …«

Jan überlegte einen Moment lang.

»Ich hatte zumindest auf mehr Akzeptanz für das Projekt gehofft. In Lengburg gibt es schließlich genug Leute, die gerne ein Haus bauen würden.«

»Das stimmt. Bloß da auf dem Campingplatz wohnen ja einige das ganze Jahr über. Die lassen sich nicht so einfach vertreiben. Dass die allerdings gleich eine Demo organisieren, damit hab ich nicht gerechnet.«

»Ehrlich gesagt, ich auch nicht. Aber warum eigentlich nicht? Es geht um deren Häuser, also Mobilheime meine ich natürlich.«

»Und wenn du mal mit denen vom Platz redest? Ich mein so ohne Demonstration.«

»Nein, das bringt nichts. Im Endeffekt kann ich den Campern keine Alternative anbieten. Ein Baugrundstück stößt bei denen bestimmt nicht auf Begeisterung.

Ich hab ein Gutachten in Auftrag gegeben. Je schneller ich das Ergebnis habe, desto eher ist die Geschichte vom Tisch.«

»Mhm«, Piet überlegte, »kann ja aber auch sein, dass die Schadstoffe im Boden finden. Was machst du dann?«

»Darüber hab ich mir noch keine Gedanken gemacht.«

»Was sagt denn dein Schwiegervater dazu?«

»Dem geht es seit ein paar Wochen wieder schlechter. Im Moment kann er das Bett kaum verlassen. Aber er hat mir erzählt, dass die Fabrik nicht lange in Betrieb war. Die Firmengründung war wohl eher eine Schnapsidee. Sie gehörte einem Freund von seinem Opa, deshalb kennt er die Geschichte. Die Geschäfte liefen von Anfang an nicht gut und am Ende mussten sie Insolvenz anmelden. Danach stand das Gebäude jahrelang leer, bevor es abgerissen wurde. Von daher ist es möglich, dass das Ergebnis der Bodenproben negativ ausfällt.«

»Na, ich drück dir die Daumen.«

Beide sahen zu den Galloways, die friedlich grasten.

»Die machen sich prima, oder?«, fragte Piet.

»Ja, da kann ich nicht meckern. Vor allem die Tiere, die ich letztes Jahr dazu gekauft habe.«

Jan zeigte auf vier Rinder, die am Rand der Weide standen.

»Sehen prächtig, aus die vier«, bestätigte Piet.

»Hier draußen auf der Weide haben die es richtig gut«, sagte Jan mit einem Augenzwinkern zu Piet.

Der winkte ab und ging nicht auf das Thema ein.

Sein Nachbar hatte keine Rinder, sondern drei große Hähnchenmastställe. Das entsprach überhaupt nicht Jans Vorstellung von Tierhaltung. Am Anfang, als Jan auf den Hof gezogen war, hatten die beiden sich erbitterte Diskussionen geliefert, bis Jan eingesehen hatte, dass er Piet nie von seinen Ansichten würde überzeugen können. Seitdem stritten sie nicht mehr über das Thema. Jeder akzeptierte die Meinung des anderen, ohne sie zu teilen. Im Laufe der Jahre war Piet trotzdem ein sehr guter Freund geworden.

»Ich muss los. Der Tierarzt kommt. Eines von meinen Schafen ist krank.«

»Du und deine Schafe«, neckte Jan Piet.

»Wieso denn? Die entwickeln sich auch prächtig.«

Piet grinste und machte sich dann mit seinem Trecker wieder auf den Weg.

Vor einigen Jahren hatte Piet eine kleine Schafherde gekauft. Die Herde war sein Hobby, Geld konnte er damit nicht verdienen. Die Schafe standen bei seinem Nachbarn allerdings auf der Weide, praktisch in Biohaltung. Jan zog Piet gerne damit auf, dass seine Schafe draußen laufen durften und es besser hatten als die Hühner, obwohl er mit dem Federvieh sein Geld verdiente.

Jan fragte sich, ob er sein Ziel von einem Biobauernhof jemals erreichen würde. Im Moment hing alles von dem beauftragten Gutachten ab.

22

*L*isa kam es manchmal so vor, als ob einige der Luchs-Camper ihre gesamte Zeit vor dem *Buchmobil* verbrachten. Von Weitem sah sie Greta und Silvia dort sitzen.

»Hast du es schon gelesen?«, fragte Greta.

»Was denn?«

»Der Tappe hat ein Bodengutachten in Auftrag gegeben.«

»Mhm«, machte Lisa, »ist doch gut, oder?«

»Na ja, man weiß ja nicht, was dabei rauskommt«, warf Silvia ein.

»Was soll da groß rauskommen? Entweder ist der Boden verseucht oder nicht.«

»Nun, wenn alles in Ordnung ist, dann wird das Grundstück verkauft und wir können einpacken«, sagte Greta.

»Ich schätze, da wird auf jeden Fall was hängen bleiben bei den Leuten. Ich wär auch vorsichtig. Ein Grundstück, auf dem mal eine Lackfabrik gestanden hat ...«, meinte Silvia.

»Ich auch«, stimmte Lisa ihr zu.

»Glaube ich nicht. Ich bin davon überzeugt, wenn im Gutachten steht, dass keine Schadstoffe gefunden wurden, gehen die Baugrundstücke weg wie warme Semmeln. Dann interessiert niemanden mehr, dass vor über hundert Jahren hier eine Fabrik gestanden hat«, sagte Greta.

»Was ist, wenn die was finden?«, fragte Silvia.

»Das kommt darauf an, wie stark der Boden kontaminiert ist, wie tief und vor allem womit«, wusste Lisa.

»Und dann?«

»Es kann sein, dass die Schadstoffe sich nur in den oberen Bodenschichten abgelagert haben. Zum Beispiel wenn der Boden hier aus einer dicken Lehmschicht besteht. Dann kann der Boden abgetragen und ausgetauscht werden. Das ist zwar teuer, aber machbar. Danach könnte man auch wieder Gemüse anbauen.«

Silvia sah Lisa fragend an.

»Was ist denn mit dem ganzen Gemüse hinter unserem Mobilheim? Kann ich das überhaupt noch essen?«

»Im Moment würde ich davon nichts essen«, versicherte Lisa.

»Iiih, wir haben doch die ganzen Jahre immer alles gegessen, was wir dort angepflanzt haben. Meint ihr, dass das gefährlich war?«, fragte Silvia.

»Wie gesagt, lasst uns das Gutachten abwarten.«

Zu beruhigen schien Silvia das nicht. Sie rutschte nervös auf dem Stuhl hin und her.

Greta dachte nach, das sah Lisa ihr an.

»Sagt mal ihr Lieben, ist dann nicht am Ende des Tages beides schlecht für uns?«

Lisa und Silvia sahen Greta fragend an.

»Überlegt mal, wenn das Gutachten positiv ist .... Sagt mal, wie heißt das denn bei so einem Gutachten? Positiv oder negativ, wenn sie was finden? Ist das so wie bei Krankheiten?«

»Ja, genau. Also Gutachten positiv heißt, es sind Schadstoffe gefunden worden, also für den Eigentümer negativ.«

»Nun, also wenn das Gutachten negativ ausfällt, müssen wir hier weg, weil gebaut wird. So, und wenn es positiv ausfällt, was ist dann? Ist es dann gesundheitsschädlich, weiterhin auf dem Platz zu leben?«

Lisa wusste eine Antwort.

»Das kommt darauf an, was man im Boden findet. Es gibt belastende Stoffe, die nur gefährlich sind, wenn man sie ausbuddelt. Gemüse anpflanzen geht in dem Fall aber nicht mehr. Wenn wir Glück haben, liegt die Altlast tief im Boden und der Oberboden ist nicht betroffen.«

Silvia verzog den Mund.

»Aber ich glaube, wenn hier was richtig Giftiges an der Oberfläche schlummern würde, wäre schon mal jemand krank geworden. Habt ihr davon was mitbekommen?«

Greta und Silvia schüttelten die Köpfe.

»Lasst uns einfach erst mal das Ergebnis abwarten, bevor wir uns umsonst den Kopf zerbrechen.«

»Woher weißt du das eigentlich alles?«, fragte Greta.

»Ich hab Geologie studiert«, antwortete Lisa.

»Ach, interessant.«

»Ja. Aber ich hab keinen Abschluss, kurz vor dem Vordiplom hab ich aufgehört.«

Bevor jemand fragte wieso, zeigte Lisa auf die Zeitung.

»Steht in dem Artikel, wer das Gutachten erstellt?«

»Nein, ich hab den Artikel schon zweimal gelesen. Ein Name stand dort nicht«, antwortete Greta.

Greta sah in die Zeitung und verneinte.

»Hier steht nur: ein Gutachter aus Anbrück. Da gibt es bestimmt einige.«

So viele nicht, dachte Lisa und verabschiedete sich. Sie musste dringend telefonieren.

23

*B*eim dritten Telefonat bekam Lisa heraus, dass es sich bei dem beauftragten Gutachter um Volker Middendorf handelte. Lisa freute sich. Volker war ein ehemaliger Kommilitone und ein sehr guter Freund. Nach dem Studium war Volker ausgerechnet nach Anbrück gezogen, um ein gut laufendes Ingenieurbüro zu übernehmen. Leider hatten sie sich dann irgendwann aus den Augen verloren. Das sollte sich nun ändern, beschloss Lisa.

***

Am nächsten Abend war sie mit Volker zum Essen verabredet. Ausgerechnet das griechische Restaurant *Zorbas* hatte Volker vorgeschlagen.

Volker hatte sich anscheinend genauso auf ihr Wiedersehen gefreut wie Lisa, er strahlte über das ganze Gesicht.

Lisa erzählte, wie es ihr in den letzten Jahren ergangen war, von ihrem Umzug in den Norden, und warum sie es bislang noch nicht geschafft hatte, sich bei ihm zu melden. Lange erzählte sie von ihrer kranken Mutter und Volker hörte mitfühlend zu.

»Und wie ist es dir so ergangen?«, fragte Lisa.

»Insgesamt ganz gut, ich kann nicht klagen. Meine eigene Firma habe ich schon lange. Selbstständigkeit, das ist für mich genau das Richtige. Die ersten Jobs nach dem Studium waren schwierig für mich. Diese typischen Ingenieure um mich herum … Kannst du dir ja vorstellen.«

»Ja, ich weiß noch, dass du damals in einer Firma, in der du ein Praktikum gemacht hast, auf dem Zahnfleisch gingst. Aber dort gab es auch diese Gattin vom Chef, die scharf auf dich war.«

»Erinner mich bloß nicht an die«, sagte Volker.

»Wie läuft es denn mit deiner Firma? Du musstest damals ja ganz schön viel bezahlen für die Übernahme. Hast du genug Aufträge?«

»Ich kann nicht klagen. Am Anfang hat es eine Zeitlang gedauert, aber nachdem die ersten Aufträge erledigt waren, hat sich schnell rumgesprochen, dass ich gut bin.«

Volker zwinkerte Lisa zu.

»Das glaube ich dir sofort. Beruflich geht's dir also gut?«

»Na ja«, sagte Volker und sah zur Seite.

»Was ist denn los?«, hakte Lisa nach.

»Ach, weißt du, ich brauche erst mal eine Auszeit. Der Stress in den letzten Jahren ist mir eines Tages auf den Magen geschlagen. Nie wirklich Urlaub und so …«

»Ich weiß, was du meinst.«

Lisa sah Volker an der Nasenspitze an, dass der berufliche Stress nicht das einzige Problem war. In seinem Blick lag etwas extrem Trauriges. Sie wollte ihn aber nicht bedrängen.

Volker holte tief Luft.

»Aber nächste Woche fahre ich weg. Ich habe mir selber eine Auszeit verschrieben.«

»Das finde ich toll. Wohin geht es denn?«

»Ich fliege in die USA und wandere auf dem Appalachentrail.«

Lisa hatte davon noch nie etwas gehört und fragte nach.

»Der Trail verläuft von Georgia bis nach Kanada.«

»Was? Wie lang ist der denn?«

»Ungefähr 3.500 Kilometer.«

»Was? Und die willst du wandern?«, fragte Lisa überrascht.

»Eigentlich war das mein Plan. Aber das schaffe ich wahrscheinlich nicht mehr. Ende März, Anfang April ist die ideale Startzeit, damit man am Ende der Strecke in den Bergen nicht in den Schnee kommt. Das hat leider aus beruflichen Gründen nicht geklappt. Ich werde den Trail nicht mehr komplett wandern können, aber das ist nicht wichtig, Hauptsache, ich komme überhaupt dort hin und dann mal sehen, wie weit ich komme.«

»Wie lange hast du denn frei?«

»Drei Monate insgesamt.«

»Wow, ich bin echt beeindruckt. Einige Wege hab ich ja auch schon abgewandert, aber so eine lange Strecke würde ich mir nicht zutrauen.«

»Wie gesagt, erst mal sehen. Ich hatte keine Lust auf den Jakobsweg – da ist es mittlerweile total überfüllt.«

Eine kurze Gesprächspause entstand, die aber nicht unangenehm war.

Im hinteren Teil des griechischen Restaurants *Zorbas* saß Jan mit Georg, einem guten Freund.

Direkt nach der Vorspeise hatte Jan gesehen, wie Lisa in Begleitung eines Mannes hereingekommen war. Lisa hatte ihn nicht gesehen. Die beiden hatten an einem Tisch in der Nähe des Eingangs Platz genommen.

Jan hatte sich lange auf diesen Abend mit Georg gefreut. Ihr letztes Treffen lag lange zurück.

Georg hatte viel zu erzählen und Jan hörte ihm gerne zu. Heute Abend gelang es Jan allerdings nicht, sich auf das zu konzentrieren, was Georg von seiner letzten Afrikareise erzählte. Und das lag nicht daran, dass die Geschichten langweilig waren. Im Gegenteil. Georg hatte Agrarwirtschaft studiert, genau wie Jan, und war nach Afrika ausgewandert, um in der Entwicklungshilfe zu arbeiten. Seine Berichte von den neuesten Projekten waren immer sehr interessant.

Wenn Jan sich ein bisschen nach rechts beugte, konnte er an einer großen Pflanze vorbeisehen und Lisa und den Mann beobachten. Jan versuchte krampfhaft, sich auf Georgs Geschichten zu konzentrieren, aber sein Blick schweifte immer wieder hinüber zu Lisa. Die schien in das Gespräch mit dem Mann vertieft. Jan kannte Lisas Begleiter nicht, musste aber zugeben, dass der extrem gut aussah. Die beiden wirkten zu allem Überfluss sehr vertraut miteinander. Jan war verunsichert. Seit dem Vorfall am See hatte er nichts mehr von Lisa gehört.

»Du machst mir heute einen zerstreuten Eindruck, mein Freund«, stellte Georg fest.

»Ja, ich glaube, das stimmt«, gab Jan zu.

»Stress?«

»Ja. Diese Geschichte mit dem Baugrundstück und dem Bodengutachten. Ich hab dir davon ja schon am Telefon erzählt. Das hält mich auf dem Weg zu meinem eigentlichen Ziel nur unnötig auf.«

»Du meinst den Hof komplett auf Bio umzustellen?«

»Genau. Ich dachte, ich nehme das Projekt Schritt für Schritt in Angriff, aber ein Bodengutachten und eine Demonstration in Lengburg standen nicht in meinem Plan.«

Georg lachte.

»Das hätte ich auch nicht mit eingeplant.«

»Na ja, und dann …«

»Und dann?«, fragte Georg.

»Ach nichts.« Jan winkte ab.

Georg sah Jan prüfend an.

»Eine Frau?«, fragte er vorsichtig.

»Ja. Irgendwie schon. Aber …« Jan überlegte einen Moment. »Du, lass uns von was anderem reden.«

Georg sah Jan nachdenklich an, hakte aber nicht nach, sondern wechselte das Thema.

Ungefähr zehn Minuten gelang es Jan nicht, zum anderen Tisch hinüber zu sehen. Lisa strich sich gerade eine Haarsträhne aus dem Gesicht, lachte herzhaft und legte ihre Hand auf den Unterarm des Mannes.

24

*W*as machst du denn mit deiner Firma, wenn du in den USA bist? Funktioniert das einfach so mit der Auszeit?«, fragte Lisa.

»Ich hab alles gut organisiert. Mein Geschäft ist ja eine One-Man-Show. Ein paar Leute arbeiten für mich auf Honorarbasis, wenn viel zu tun ist. Im Moment gibt es außer mir nur noch David Schulz, ein Student, der bei mir ein Praktikum macht. Er hätte sowieso bald aufgehört, um seine Masterarbeit zu schreiben.«

»Und hinterher? Meinst du, dass nach den drei Monaten wieder Aufträge reinkommen?«

Volker lachte.

»Da bist du nicht die Erste, die mich das fragt. Natürlich ist das ein Risiko, aber das Leben ist halt gefährlich«, scherzte er.

»Wow«, entfuhr es Lisa.

»Einen Auftrag erledige ich noch und danach ist erst mal Pause.«

Lisa horchte auf. Volker etwas vorspielen konnte sie nicht und beschloss, ihn direkt zu fragen.

»Sag mal, kann es sein, dass du das Gutachten für den Campingplatz erstellst?«

»Du meinst den in der Nähe von Lengburg?«

»Ja, genau den.«

Lisa erklärte Volker, warum sie das Mobilheim gekauft hatte und auf dem Campingplatz lebte.

»Ich finde das klasse. Wenn Leute den Mut haben, was komplett Neues auszuprobieren, finde ich es immer toll. Und warum auch nicht? Ein Mobilheim ist schließlich auch ein Haus.«

»Leider weiß ich im Moment nicht, wie lange ich dort noch leben kann«, erklärte Lisa betrübt.

»Das wird eine schwierige Sache mit dem Baugebiet, da kannst du nichts dagegen unternehmen. Vor allem nicht, falls mein Gutachten negativ ausfällt.«

Lisa sah traurig auf die Tischdecke.

»Fälschen kann ich es für dich leider nicht«, scherzte Volker.

»Das hab ich auch nicht erwartet.«

»Für dich würde ich das machen!«, beteuerte Volker, »nur, wenn das rauskommt, kann ich nie wieder in meinem Beruf arbeiten.«

Beide lachten.

»Kein Problem. Weißt du schon, wann du das Ergebnis bekommst?«

»Lass mich mal überlegen, die Bodenproben haben wir heute entnommen. Ich hab im Labor Druck gemacht, dass wir das Ergebnis schnell brauchen. Den Auftrag will ich auf jeden Fall erledigen, bevor ich wegfahre. Also spätestens nächste Woche hab ich das Ergebnis.«

»Was? So bald schon?«, fragte Lisa resigniert.

»Lisa, ich kann dich gerne anrufen, wenn das Ergebnis da ist. Das darf ich natürlich nicht. Du musst es ein paar Tage für dich behalten. Aber du wärst vorgewarnt und müsstest es nicht aus der Zeitung erfahren. Ich schätze jedenfalls, dass mein Auftraggeber das Ergebnis an die Zeitung weitergeben wird, weil er denen mitgeteilt hat, dass er eines in Auftrag gibt.«

»Das wäre fantastisch.«

Entspannt sah Lisa sich im Restaurant um. Erst jetzt bemerkte sie Jan an einem Tisch im hinteren Teil. Beim Reinkommen hatte sie ihn nicht gesehen. Kurz trafen sich ihre Blicke. Lisa hob eine Hand, um ihn zu grüßen, doch Jan sah weg und wandte sich ab. *Der hat mich doch genau gesehen!*, ärgerte Lisa sich.

Volker schaute betrübt aus dem Fenster.

»Irgendetwas bedrückt dich doch, oder?«

»Ach, ich geb es auf. Du kennst mich zu gut.«

Lisa freute sich über das Kompliment.

»Ich bin vor einem halben Jahr verlassen worden und komme nicht darüber hinweg.«

»Oh«, machte Lisa.

»Ja, oh, kannst du laut sagen. Sonst war ich immer der, dem es zu eng wurde und der wegmusste.«

»Dann war es diesmal nicht so?«

»Nein, komischerweise nicht. Ich war noch nie so verliebt, Lisa. Wir sind direkt zusammengezogen. Nach drei Monaten schon. Kannst du dir das vorstellen?«

»Bei dir nur schwer.«

»Wir waren unzertrennlich. Ich dachte, *wow*, da ist sie, die ganz große Liebe. Den lasse ich nie wieder los.«

»Und was ist schief gelaufen?«

»Ehrlich gesagt, kann ich dir das gar nicht genau sagen. Sven konnte es mir nicht erklären. Es gab keinen anderen oder so. Hoffe ich jedenfalls ... doch, da bin ich mir sicher. Rückblickend betrachtet glaube ich, dass er in mir den einsamen Wolf gesehen hat, der schwer zu fangen ist. War ich ja auch immer.« Volker lächelte süffisant.

»Ich schätze, ich wurde ihm zu zahm, sprich zu langweilig. Ich wollte immer öfter zu Hause bleiben und Sven wollte immer öfter auf Partys. Irgendwann hat er seine Koffer gepackt.«

»Puh, das ist heftig. Sowas tut weh.«

»Ich denke immer wieder darüber nach, warum ich nicht gemerkt habe, dass Sven sich von mir entfernt hat. Ich hätte doch irgendetwas mitbekommen müssen. Und meine eigene Veränderung hätte ich doch genauso bemerken müssen.«

»Mir hat mal ein Freund erzählt, dass *merken* in drei Stufen verläuft. Vorher, währenddessen oder hinterher. Meistens bemerken wir erst hinterher, wenn irgendetwas schief gelaufen ist. Und wenn man dann versucht, das zu ändern, merkt man es vielleicht beim nächsten Mal schon in der Situation. Ideal ist es, wenn man schon vorher etwas mitbekommt. Aber ob das in deinem Fall etwas geändert hätte? Wenn du eher bemerkt hättest, dass dein Partner innerlich auf Distanz geht? Ich weiß nicht.«

»Wahrscheinlich nicht.«

Lisa legte ihre Hand auf den Arm von Volker, um ihn zu trösten.

»Weißt du, Volker, das war vielleicht trotz allem ein Fortschritt für dich, wenn du dich auf ihn richtig eingelassen hast. Klar ist es doof, wenn sowas ausgerechnet dann schmerzvoll endet.«

Den letzten Satz sagte Lisa nicht nur zu Volker, sondern auch zu sich selber. Lisa sah noch einmal zu Jan
hinüber, der sie aber keines Blickes würdigte.

25

*Ü*ber Jans Missachtung am vorigen Abend im *Zorbas* ärgerte Lisa sich immer noch. Sie war sich ganz sicher, dass er sie gesehen hatte. So ein arrogantes Verhalten!

In solchen Momenten taten Lisa ein Spaziergang und die frische Luft im Wald gut. Seitdem sie im Mobilheim lebte, zog es Lisa noch öfter in die Natur als vorher. Sie genoss es jedes Mal wieder, dass sie einfach nur die Tür aufmachen musste und quasi im Wald stand.

Mit jedem Schritt beruhigte Lisa sich und angenehmere Gedanken bahnten sich ihren Weg. Den Abend mit Volker hatte Lisa genossen. Der Austausch hatte ihr gutgetan. Aber, wie alles in der letzten Zeit, schien auch diese Freude nur von kurzer Dauer zu sein. Leider war er jetzt erst mal die nächsten Monate auf Reisen.

Lisa hatte sich über Volkers Angebot riesig gefreut, dass er sie anrufen wollte, sobald das Labor die Proben analysiert hatte. Zum Glück müsste sie die Ergebnisse dann nicht aus der Presse erfahren. Das Gutachten bereitete Lisa große Sorgen. Sie überlegte fieberhaft, was sie tun könnte. Einen anderen Platz für ihr Mobilheim suchen? In der Nähe gab es keine passenden Campingplätze. Der einzige Platz, der infrage käme, lag zu weit entfernt. Von dort aus müsste sie jeden Morgen fünfzig Kilometer bis zur Arbeit fahren, dazu hatte Lisa keine Lust. Ebenfalls hatte sie keine Lust, sich von den Luchs-Campern zu trennen!

Lisa begann bereits, so etwas wie einen Plan in ihrem Kopf zu entwickeln. Bislang war es eher eine vage Idee, über die Lisa ausführlich nachdenken musste.

Auf dem Rückweg zum Campingplatz ging sie ein Stück auf dem Feldweg, der zum Hof von Jan führte. Kurz vorher bog sie in die entgegengesetzte Richtung ab. Zurück zum Platz. In ihr Zuhause. Solange es dieses Zuhause noch gab. Lisa hatte überlegt, ob sie den Weg meiden sollte, die Wahrscheinlichkeit, Jan zu begegnen, war hier groß. Dann hatte sie aber aus Trotz diesen Weg eingeschlagen. *Ich lass mir doch von dem nicht vorschreiben, wo ich spazieren gehe!* Und es gab noch einen anderen Grund. Der kam gerade hinter ihr auf dem Fahrrad angefahren und grüßte schon, obwohl er Lisa noch nicht eingeholt hatte. Was nicht nötig war, denn Patrick pfiff ständig auf dem Rad vor sich hin und Lisa hatte ihn längst gehört. Die anderen hatten mal den Scherz gewagt, er hätte Angst, alleine durch den Wald zu fahren, aber Lisa hatte ihn in Lengburg mal auf dem Rad gesehen und dort hatte er genauso laut gepfiffen.

»Moin, Patrick.«

Patrick stoppte das Dienstfahrrad und hielt neben Lisa an. Er freute sich immer, sie zu sehen, das war Lisa nach der ersten Begegnung mit ihm bereits aufgefallen. Patrick brachte jeden Morgen die Post für den Campingplatz. Vorher trug er in Lengburg die Briefe aus. Die anderen hatten ihr erzählt, dass Patrick im Sommer oft seine Tour auf dem Platz unterbrach, um eine Runde im See zu baden.

»Sieh mal einer an, da ist ja meine Lieblingskundin, die Lisa.«

Lisa fühlte sich durchaus geschmeichelt. Patrick war mindestens zwanzig Jahre jünger als sie.

»Viel zu tun heute?«, fragte Lisa.

»Nö, geht so, bin gleich fertig. Eben war ich bei Bauer Tappe und jetzt geht's an den See.«

Patrick öffnete die große Tasche, die vorne auf dem Gepäckträger stand, und sah ein paar Umschläge durch.

»Für dich ist heute kein Brief dabei.«

»Macht nichts. Kein Brief – keine Rechnungen.«

»Auch wieder wahr.«

Patrick zog einen zerrissenen Brief aus der Hosentasche und legte ihn zu den anderen. Lisa sah ihm erstaunt dabei zu.

»Was war das denn? Zerreißt du etwa Post?«

Patrick sah verlegen auf den Feldweg, als ob dort die Antwort geschrieben stünde.

»Nee«, antwortete er ausweichend und schob das Rad weiter.

Lisa ließ nicht locker.

»Sag schon. Hast du den Brief aus Versehen zerrissen?«

»Nee, das war sowieso nur Werbung.«

»Ach so, und Werbung zerreißt du grundsätzlich?«

Lisa schwankte zwischen Neugierde und Amüsement.

»Das sieht man doch am Umschlag, dass da Werbung drin ist«, redete Patrick sich heraus.

Er holte den zerrissenen Brief wieder aus der Tasche und zeigte auf das Logo einer Bekleidungsfirma.

»Vielleicht will der Empfänger die Werbung ja haben? Kann doch sein, dass der sehnsüchtig darauf wartet.«

Patrick sah Lisa schief an.

»Wartest du sehnsüchtig auf Werbung?«

Lisa lachte und schüttelte den Kopf.

»Na siehste.«

»Für wen war denn der Brief?«

»Wenn du was wissen willst, dann willste es auch wissen, was?«, antwortete Patrick gespielt genervt.

»Das ist es doch gerade, der Brief war für Stefanie Tappe.«

»Die Frau von Jan?«, fragte Lisa.

»Ja, genau.«

Nun sah Lisa Patrick schief an.

»Kauft die zu viele Klamotten oder was?«

Im Grunde genommen wollte Lisa nicht über Jans Frau reden.

»Quatsch.«

»Wieso wirfst du den Brief dann nicht ein?«

»Der Tappe ist doch seit zwei Jahren Witwer. Weißt du das denn nicht?«

In Lisas Kopf purzelten in Sekundenschnelle mehrere Fragen durcheinander. *Witwer? Jan? Das heißt, er war gar nicht verheiratet? Also nicht mehr wirklich?* Ihre Gefühle schlugen Purzelbäume. *Durfte sie sich darüber freuen? Über eine eigentlich nicht schöne Tatsache?*

»Hallo! Erde an Lisa!«

Lisa tauchte aus ihren Gedanken und Gefühlen in die Realität auf.

»Oh. Entschuldige.«

»Also ich möchte da ungern noch Briefe für die Stefanie einwerfen. Verstehste? Vor ungefähr einem Jahr hab ich Jan an der Tür getroffen und ihm die Post in die Hand gedrückt. Da hat er die Briefe durchgesehen. Einen, der für die Stefanie war, hat er schnell in seine Tasche gesteckt. Seinen todtraurigen Blick werde ich nie vergessen. Mittlerweile geht es ihm wohl relativ gut. Das sagen jedenfalls die Leute im Ort. Da will ich nicht derjenige sein, der ihn an seine tote Frau erinnert. Jedenfalls nicht wegen blöder Werbebriefe.«

Lisa war baff. So viel Feingefühl hatte sie Patrick gar nicht zugetraut.

»Das ist aber toll von dir. Sorry, dass ich dich verdächtigt habe.«

»Normalerweise fahr ich die Route anders rum. Heute war aber so viel Post und dicke Umschläge für den Tappe dabei, da dachte ich, es ist leichter, wenn ich die Tour entgegengesetzt fahre. Erst Lengburg, dann Tappe, dann Campingplatz. Da fahr ich einmal anders ... Du, wissen muss das niemand mit dem zerrissenen Brief, okay?«

Zum Zeichen ihrer Verschwiegenheit fuhr Lisa sich mit zwei Fingern über die Lippen.

»Super, ich sag ja auch nichts.«

»Was meinst du?«, fragte Lisa irritiert.

»Na, glaub mal nicht, dass die im Ort mich nicht nach euch hier auf dem Platz ausfragen. Das du hier neu bist, haben sie längst mitbekommen. Die wissen doch, dass ich im Camp die Post verteile.«

Lisa blickte Patrick erschrocken an.

»Aber ich schweige wie ein Grab«, beteuerte Patrick, »es fließen nur Informationen in die eine Richtung.«

Patrick zeigte zum Campingplatz. Dann begann er, Lisa den neuesten Klatsch und Tratsch aus Lengburg zu erzählen. Lisa hörte nicht zu, sie dachte an Jan und daran, was sie gerade erfahren hatte. Jan war Witwer! Ihr wurde unendlich leicht ums Herz.

26

*L*ange dachte Jan über die Begegnung mit Lisa im Restaurant nach. Insgeheim fand er sein Verhalten albern. Er hätte sie zumindest grüßen können. Es war ihm nicht entgangen, dass Lisa ein paar Mal zu ihm herübergesehen hatte.

Im Grunde genommen wusste er viel zu wenig über Lisa. Damals waren sie beide noch so jung gewesen. Seit ihrem Wiedersehen im Wald dachte er oft an Lisa, vor allem an ihr Zusammensein von früher, aber er wusste so gut wie nichts von Lisa, wie sie heute war. Er ging zum Beispiel einfach davon aus, dass sie solo war. Aber konnte er das? Nein. Das wurde ihm gerade bewusst. Wenn der Mann im *Zorbas* beim Griechen ihr Partner oder Ehemann war, konnte er ihr nichts vorwerfen. Und schließlich hätte er bei ihrem gemeinsamen Abendessen fragen können, ob sie liiert war. Die beiden waren im Restaurant sehr vertraut miteinander umgegangen. Jan gestand sich ein, dass er eifersüchtig war. Anders konnte er sich sein Verhalten nicht erklären.

Jan beschloss Lisa zu besuchen, um auf sie zuzugehen. Schließlich hatte er noch ihren Bademantel.

***

Auf dem Weg zu Lisas Mobilheim kam Jan am *Buchmobil* vorbei. Von der Leihbücherei auf dem Platz hatte er bereits gehört. Die Idee gefiel ihm. Vor dem Wohnwagen saßen ein paar Leute. Jan erkannte Greta. Sie kaufte ab und an ein paar Eier von seinen Biohühnern. Alle grüßten Jan nur kurz und sahen demonstrativ weg. Sie wussten wahrscheinlich nicht, wie sie damit umgehen sollten, dass er auf dem Platz auftauchte. Jan war froh, dass niemand ihn in eine Diskussion verwickelte.

Nur Greta rief zu Jan herüber: »Na, was machen die freikratzenden Hühner?«

»Alles bestens. Du kannst gerne mal wieder vorbeikommen, um ein paar Eier abzuholen.«

»Das mache ich.«

Kurz vor Lisas Mobilheim wurde Jan nervös. Ehrlich gesagt hatte er vorher nicht überlegt, was genau er sagen wollte. Vorgenommen hatte er sich lediglich, dass ihre Begegnung nicht wieder im Streit enden sollte. Nur, wie er das anstellen sollte, wusste Jan nicht. *Am besten entscheide ich intuitiv*, dachte er.

Auf dem Terrassentisch stand ein aufgeklappter Laptop. Daneben und auf den Stühlen rund um den Tisch lagen Ordner, Bücher und Papiere verteilt. *Zu Hause ist sie auf jeden Fall*, dachte Jan und freute sich. Ein paar Sekunden wartete er. Dann ging er zum Eingang des Mobilheims.

»Lisa? Bist du da?«

Er bekam keine Antwort. Beim erneuten Versuch schwieg ihn der Raum weiter an. Jan wagte einen Schritt hinein und sah sich um. Gut eingerichtet, staunte Jan. Er hatte sich ein Mobilheim von innen eng vorgestellt, allerdings fand er es hier geräumig. Bislang war Jan ein einziges Mal in seinem Leben mit einem geliehenen Wohnmobil in Urlaub gefahren. Nach zwei Tagen waren seine verstorbene Frau und er sich auf die Nerven gegangen. Beide hatten sich in dem kleinen Fahrzeug beengt gefühlt, zumal sie an die Größe des Bauernhofes gewöhnt waren. Jan schlich nach draußen, wenn Lisa ihn hier drinnen entdecken würde, wäre der nächste Streit bestimmt vorprogrammiert. Weit weg konnte Lisa nicht sein, sonst hätte sie die Tür abgeschlossen, außerdem stand der Laptop frei zugänglich auf dem Tisch.

Jan näherte sich wie zufällig dem Laptop. Wie aus einem inneren Reflex heraus drückte er auf eine beliebige Taste. Das Schwarz des Laptops erhellte sich; ein geöffnetes Word-Dokument wurde sichtbar. Anscheinend verwendete Lisa kein Passwort zum Schutz. *Sehr unvorsichtig*, dachte er. Jan zögerte kurz, aber seine Neugierde siegte und er warf einen Blick in das Dokument. Dort las er den Titel einer Masterarbeit im Fach Geologie. *Komisch*, dachte Jan, *Lisa hatte vor Jahren aufgehört zu studieren. Oder versuchte sie, ihren Abschluss nachzumachen?* Das konnte Jan sich nicht vorstellen. Er sah genauer hin und las einen unbekannten Namen unter dem Titel. *Noch komischer*, dachte Jan. *Vielleicht hilft sie einem Bekannten bei der Masterarbeit?* Aber mit Blick auf die Bücher und Ordner rund um den Tisch, erkannte Jan, dass sie dafür zu tief in die Thematik einzusteigen schien. Dann entdeckte Jan auf dem Laptop noch etwas anderes, holte sein Smartphone heraus und betätigte die Kamera. Er blickte sich nach allen Seiten um, sah aber weder Lisa noch sonst jemanden. Er hatte keine Lust noch länger zu warten und ging.

»Danke noch mal, jetzt klappt es bestimmt«, sagte Paul und hielt Lisa die Wohnwagentür auf.

»Kein Problem, wenn du wieder Hilfe brauchst, melde dich ruhig, ich sitz ja da drüben«, versicherte Lisa.

Da bin ich gespannt, wer gleich bei Paul an die Tür klopft, dachte Lisa. Vorhin war schwarzer Qualm aus dem Fenster von Pauls Wohnwagen gestiegen. Lisa war hinübergerannt, um nach dem Rechten zu sehen. Paul war dabei gewesen, Mousse au Chocolat zuzubereiten, hatte das aber vorher noch nie ausprobiert. Er hatte den Topf mit der Schokolade im Wasserbad aufgesetzt und war ins Badezimmer gegangen. Nach einiger Zeit war das Wasser im Topf verdampft und die Schokolade, die Paul in eine zu kleine Tasse getan hatte, war auf den Herd gelaufen. Lisa hatte jetzt noch den Geruch von angebrannter Schokolade in der Nase. Es hatte eine Weile gedauert, alles von der Herdplatte abzukratzen. Paul bekam wichtigen Besuch, wie er ihr mit hochgezogener Augenbraue versichert hatte, und deshalb sollte es etwas besonders Leckeres zu Essen geben. Lisa hatte ihm geholfen und ihm gezeigt, wie man den edlen Nachtisch am besten zubereitete.

Auf Lisas Terrassentisch lag noch eine Menge Arbeit. Mitunter bekam sie monatelang keine Aufträge und dann rief ihr Agent gleich zweimal innerhalb kürzester Zeit an. Im Moment, da es unklar war, wie es weiterging, war sie froh über den Auftrag und hatte sich gleich in die Arbeit gestürzt. Der erste Auftrag musste heute unbedingt fertig werden.

Lisa setzte sich an ihren Tisch und erstarrte. Ihr Blick heftete sich auf etwas das vorher nicht dort gewesen war: Ihr Bademantel. Er hing über einem der Stühle. Lisa sah sich nach allen Seiten hin um, sah aber niemanden. Ihre Gedanken rasten. Jan musste hier gewesen sein, wie sollte sonst ihr Bademantel auf den Stuhl gekommen sein? Lisa überlegte fieberhaft. Ungefähr eine halbe Stunde lang hatte sie Paul geholfen. In der Zeit konnte Jan hier gewesen sein. Panisch drückte Lisa eine Taste auf ihrem Laptop, der Cursor stand an der gleichen Stelle, an der sie aufgehört hatte, zu schreiben. Aber hieß das was? Vielleicht hatte er trotzdem etwas bemerkt? Lisa blickte auf die Bücher und Ordner. Wenn Jan eins und eins zusammengezählt hatte, könnte er … *Ach, Quatsch, ich kann ja irgendwas Wissenschaftliches schreiben, oder?* Lisa kam zu keiner Entscheidung, was sie denken sollte.

27

*A*ls Lisa ein paar Tage später von der Arbeit nach Hause kam, fiel ihr sofort das Polizeiauto auf dem Parkplatz auf. Sie spielte im Kopf etliche Szenarien durch, was die Polizei auf dem Campingplatz zu suchen hätte. *Hoffentlich ist nichts Schlimmes passiert?* An der Schranke kamen ihr zwei Polizisten entgegen. Lisa überlegte kurz, ob sie fragen sollte, ob etwas passiert wäre, entschied sich aber dagegen.

Vor dem *Buchmobil* standen ein paar Luchs-Camper. Lisa gesellte sich zwar hinzu, blieb aber am Rand stehen. Alle regten sich auf, aber Lisa verstand nicht warum, weil alle durcheinanderredeten.

»So ein Quatsch«, schimpfte Greta.

»Das ist wieder typisch«, sagte Silvia entrüstet.

»Da kann man mal wieder sehen«, hörte Lisa Hannes.

»Na hoffentlich hat sich das jetzt geklärt«, mischte sich Paul ein.

In einer kurzen Gesprächspause traute Lisa sich zu fragen: »Was ist denn los?«

»Der Wolfi soll ein Schaf gerissen haben!«, sagte Greta.

Lisa sah Greta fragend an.

»Nun, der Wolfi von Silvia und Frank, das ist doch ein Wolfshund. Aber der tut keiner Seele was zu Leide. Letzte Nacht wurde bei Bauer Piet Jansen ein Lamm gerissen. Behauptet der zumindest«, erklärte Greta.

»Auf jeden Fall ist das Lamm tot«, fügte Silvia hinzu.

»Das können dann natürlich nur die Zigeuner vom Campingplatz gewesen sein«, regte Hannes sich auf, »also der Hund.«

»Was für ein Blödsinn. Unser Wolfi, der macht so was nicht, das ist so ein liebes Tier. Für den leg ich meine Hand ins Feuer.«

Silvia kämpfte mit den Tränen.

»Und jetzt?«, fragte jemand.

»Ich glaube nicht, dass da noch was von kommt. Wir haben alle bezeugt, dass der Hund jede Nacht im Mobilheim von Silvia und Frank schläft und den in der letzten Nacht niemand draußen gesehen hat«, sagte Paul.

Silvia nickte heftig.

»Der war nicht draußen, da bin ich mir ganz sicher. Überhaupt, war der Wolfi noch nie nachts draußen und er ist auch noch nie weggelaufen. Der hat es doch gut bei uns.«

Silvia kämpfte erneut mit den Tränen. Greta legte ihr einen Arm um die Schultern und versuchte Silvia zu beruhigen.

»Das wissen wir doch alle.«

»Ich schätzte das Verfahren verläuft sich im Sande«, sagte Hannes, »mich ärgert nur, dass es sofort heißt: ›Die da vom Campingplatz!‹«

»Aber beim Überfall auf unser *Buchmobil*, da haben sie nicht so einen Aufstand gemacht. Ist ja wieder typisch«, sagte Frank.

»Wir haben keine Anzeige erstattet!«, erwiderte Hannes.

»Ach so, ich dachte, ihr wart bei der Polizei?«

»Nein. Bringt doch nichts.«

»Weiß man denn inzwischen, wer das war?«

»Nein, wir haben nichts rausbekommen. Aber wir haben alles repariert und seitdem ist nichts mehr passiert.«

»Na, Gott sei Dank.«

***

Am nächsten Morgen las Lisa in der Zeitung: *Wolfshund reißt Lamm in Lengburg – Bevölkerung entsetzt!*

Paul frühstückte vor dem Wohnwagen. Mit einem Finger zeigte er auf seine Zeitung und sah Lisa fragend an. Lisa nickte Paul zu, der daraufhin zu ihr herüber kam.

»Das war ja auch wieder klar, was?«, regte Paul sich auf. »Das muss dann gleich in die Zeitung, obwohl es noch gar keine Beweise gibt.«

»Typisch Presse«, meinte Lisa.

»Die arme Silvia, hoffentlich liest sie es nicht.«

»Hat sie schon«, sagte Paul. »Heute Morgen hab ich Frank beim Bäcker getroffen. Die sind erst mal weg. Die beiden haben beschlossen, mit Wolfi ein paar Tage wegzufahren, bis die Lage sich beruhigt hat.«

»Oh nein, die können einem echt leidtun.«

»Ich schätze, bald haben alle die Geschichte vergessen und keiner redet mehr davon.«

»Das wäre gut«, sagte Lisa.

»Klar. Vor zwei Jahren sind in Lengburg ständig Verkehrsschilder verschwunden. Und was meinst du, wen sie verdächtigt haben?«

»Die bösen Menschen vom Luchs-Camp?«, fragte Lisa eher rhetorisch.

»Na klar. Die haben sogar Mobilheime und Wohnwagen durchsucht, aber natürlich nichts gefunden.«

»Und? Wer war es?«

»Das war richtig lustig. Ein paar Jugendliche wurden dabei erwischt, wie sie ein Schild abmontiert haben. Sollte wohl eine Art Mutprobe sein. Ich glaube, die haben die Straßenschilder sogar im Internet verkauft. Und weißt du, wer da ganz vorne mit dabei war?«

Lisa schüttelte den Kopf.

»Der Sohn vom Bürgermeister!«

»Super.« Lisa lachte.

»Der war es diesmal wohl eher nicht«, überlegte Lisa grinsend.

»Unwahrscheinlich«, bestätigte Paul.

»Sag mal, kann nicht ein Wolf das Lamm gerissen haben? Die gibt es doch mittlerweile wieder in den Wäldern.«

»Das glaube ich nicht. In dieser Gegend leben keine Wölfe. Ich wüsste auch nicht, wie die hierher kommen sollten.«

»Dann hab ich auch keine Idee mehr.«

»Ich kann mir gut vorstellen, dass das am Hals von dem Lamm gar keine Bissspuren waren. Ist doch komisch, dass der Hund das Lamm anschließend nicht gefressen hat, oder?«

as machte er hier eigentlich?, fragte Jan sich bereits zum zehnten Mal. Er saß in seinem Auto und beobachtete das Studentenwohnheim in Anbrück. Dabei wusste er nicht mal genau warum. Einen Plan hatte er nicht.

Erneut tippte Jan in seinem Smartphone das Foto an, das er gestern bei Lisa geschossen hatte. In dem Dokument, das Jan fotografiert hatte, stand die Adresse, an der er gerade parkte, ohne zu wissen, auf was er wartete. Jan hatte gestern Abend den Namen, der ebenfalls im Dokument stand, gegoogelt und jede Menge Fotos des jungen Mannes gefunden. Der war aktiv im AStA und in mehreren Vereinen der Stadt. Auf etlichen Webseiten hatte Jan das Foto von Herrn Marquardt gefunden. Vielleicht hätte er das Ganze einfach beiseitegeschoben, wenn Jan nicht auf den Fotos den Mann wiedererkannt hätte, von dem Lisa sich vor dem Café in Anbrück verabschiedet hatte. Jan erinnerte sich noch gut an Lisas seltsame Reaktion, als er sie auf den jungen Mann angesprochen hatte. Trotzdem überkamen Jan erneut Zweifel. *Ging ihn das Ganze überhaupt etwas an? Sollte er nicht lieber nach Hause fahren?* Jan sah sich das Foto erneut an, auf dem ebenfalls eine handschriftliche Notiz zu sehen war, die an Lisas Laptop geklebt hatte. Darauf stand das Datum von heute, *15:00 Uhr* und *Masterarbeit*.

Es war 14:41 Uhr. Fast glaubte Jan, er hätte sich geirrt und der notierte Termin wäre vielleicht ein ganz anderer. Aber da war er! Jan sah den Studenten aus dem Wohnheim kommen. Er konzentrierte sich. *Da werde ich auf meine alten Tage zum Detektiv.* Jan musste über sich selber lachen, als er beim Ausparken in den Rückspiegel sah. Der Student stieg in einen Porsche ein. *Bestimmt reiche Eltern*, dachte Jan. Ich hab mir mein Studium mit Kellnern und anderen Jobs verdient.

Zum Glück blieb der Porschefahrer in der Stadt und hielt sich vorschriftsmäßig an die Geschwindigkeitsbegrenzungen, sonst hätte Jan mit dem Land Rover keine Chance gehabt, ihn zu verfolgen. Nach ein paar Kilometern fuhr der Porsche in ein Parkhaus. Jan sah im letzten Moment eine Parklücke am Straßenrand und stellte sein Auto dort ab. Das fand er unauffälliger. *Detektiv Tappe*, dachte Jan und grinste. *Der kennt mich doch gar nicht,* schoss es Jan durch den Kopf, *also kann er mich auch nicht erkennen.* Egal, Jan wollte schneller sein. *Wenn der Student dieses Parkhaus ansteuert*, kombinierte Jan, *findet das Treffen mit Lisa im gleichen Café wie beim letzten Mal statt.*

Jan eilte dorthin und suchte einen Platz, von dem aus er den Eingang beobachten konnte. Es dauerte nicht lange und der Student betrat das Café, einige Minuten danach kam Lisa. Jan versteckte sich hinter der Speisekarte und kam sich ein bisschen komisch dabei vor.

Einen privaten Eindruck machte das Treffen nicht auf Jan. Lisa drückte dem jungen Mann einen Stick in die Hand, der daraufhin einen Laptop auspackte. Der Student starrte minutenlang auf den Bildschirm. Dann nickte er entspannt. Die beiden wechselten ein paar

Sätze und der Student holte einen dicken Umschlag aus der Tasche, den Lisa blitzschnell verschwinden ließ. *Geld*, schoss es Jan durch den Kopf. Lisa verabschiedete sich.

Jetzt muss ich näher ran, entschied Jan und fühlte sich wie Columbo. Er hatte Glück, der junge Mann ging zur Toilette. Diese Zeit nutzte er und wechselte unauffällig mit seiner Tasse Kaffee in der Hand den Tisch. Er saß nun mit dem Rücken zum Tisch des Studenten. *Perfekt*, dachte Jan.

Nachdem der Student wieder Platz genommen hatte, passierte nichts Aufregendes. Jan fragte sich gerade, auf was genau er wartete, als das Smartphone des Mannes klingelte.

»Alles paletti.«

Der oder die am anderen Ende der Leitung schien viel zu erzählen. Dann endlich sprach der Student wieder.

»Ja ja. Ist richtig gut geworden, hab nur alles kurz überflogen, trotzdem.«

Ein paar Sekunden verstrichen.

»Nein, das merkt niemand.«

»Na klar liest sich das wie meine Masterarbeit. Die hat extra eine Schriftprobe von mir haben wollen, um meine Ausdrucksweise da reinzubringen.«

Der Student lachte.

»Klar, wenn du irgendwann soweit bist, geb ich dir die Kontaktdaten ... Nein, nicht teuer.«

Jan hatte genug gehört. Mehr brauchte er nicht zu wissen.

29

»J ch sitz praktisch schon auf gepacktem Rucksack«, sagte Volker am Telefon.

»Dann geht es also los?«, fragte Lisa.

»Ja, morgen in der Früh.«

»Das ist schade. Der Abend im *Zorbas* hat mir gut gefallen. Es war schön, sich mal wieder mit dir auszutauschen.«

»Dito. Aber ich komme ja zurück und dann treffen wir uns auf jeden Fall. Nicht, dass wir uns wieder so lange nicht sehen.«

Eine Gesprächspause entstand. Lisa wusste den Grund für Volkers Anruf. Mit Smalltalk zögerte sie nur die Wahrheit hinaus.

»Du, das Ergebnis ist da.«

»Und? Sag schon«, drängelte Lisa jetzt.

»Negativ – das heißt positiv für Bauer Tappe und für den Investor. Wir haben nichts Auffälliges im Boden gefunden.«

»Oh«, machte Lisa.

»Du, das kann man so oder so sehen. Es hätte genauso gut sein können, dass wir Stoffe im Boden finden, bei denen ihr den Campingplatz sofort hättet räumen müssen. Das hab ich zwar für unwahrscheinlich gehalten, aber so was ist alles schon passiert. Das muss ich dir ja nicht erzählen, weißt du schließlich selber.«

»Ja«, sagte Lisa leise.

»Warum wir trotz der Lackfabrik nichts gefunden haben, verstehe ich ehrlich gesagt nicht. Meine einzige

Erklärung dafür ist, dass die Fabrik nicht lange dort gestanden hat.«

»Ja, das könnte sein.«

Lisa fing sich ein wenig.

»Trotzdem vielen lieben Dank, dass du mich vorgewarnt hast. Das ist klasse von dir.«

»Gerne geschehen, Lisa. David schickt das Gutachten morgen raus. Das wird sozusagen seine letzte Aufgabe, bevor er bei mir aufhört zu arbeiten, um seine Masterarbeit zu schreiben. Am Dienstag müsste es beim Bauer Tappe im Briefkasten liegen. Bis dahin darf natürlich nichts an die Öffentlichkeit, da muss ich mich auf dich verlassen können.«

»Ja, na klar. Du schreibst das Gutachten nicht selber?«

»Doch, so gesehen schon. Ich hab die Probenergebnisse mit David zusammen bewertet und anschließend den Text auf Band diktiert. Er macht alles fertig. Das Ergebnis ist auf jeden Fall richtig.«

»Oh, das wollte ich damit nicht andeuten.«

»Nein, nein, alles in Ordnung, ich meinte ja nur.«

Beide schwiegen eine Weile.

»Du bist bestimmt enttäuscht«, behauptete Volker.

»Klar. Der Strohhalm ist jetzt weg, an den ich mich geklammert habe. Hätte ja auch sein können, dass der Boden kontaminiert ist.«

»Lisa, ich muss noch einiges erledigen, bevor ich fahre.«

»Klar, kein Problem, vielen Dank noch mal. Komm bloß gesund wieder und lass dich nicht von Bären fressen.«

Volker lachte.

»Mache ich, keine Angst. Tschau, Lisa.«

»Tschau.«

***

Traurig starrte Lisa aus dem Fenster. Sie holte tief Luft und spielte noch einmal alle Möglichkeiten im Kopf durch, die es gab. Leider fiel ihr nichts ein, womit sie den Campingplatz retten könnte, bis auf diese vage Idee, die sie vor ein paar Tagen hatte. Irgendwo im Hinterstübchen spann Lisa ihren Einfall weiter, verwarf dann aber alles wieder. Bislang fiel ihr allerdings keine Alternative ein.

Sie könnte zu Jan gehen, um mit ihm zu reden. Jetzt, da sie wusste, dass er nicht verheiratet war, würde es ihr nicht schwerfallen, auf den Hof zu gehen. Aber sie versprach sich nicht viel davon. Jan würde kaum auf den Grundstücksverkauf verzichten, nur weil er sie von früher kannte.

Lisa beschloss erst einmal zum *Buchmobil* zu gehen, wie so oft in der letzten Zeit. *Das werde ich vermissen*, dachte sie wehmütig. Unkompliziert mal kurz mit jemandem quatschen können. Das war hier so leicht, sie brauchte nur um die Ecke zu gehen.

Lisa plagte ein schlechtes Gewissen. Volker hatte zwar betont, dass das Ganze noch nicht publik werden dürfte, sie musste aber unbedingt mit jemandem reden. Insgeheim hoffte sie, Greta alleine anzutreffen. Lisa war sich sicher, dass auf Greta Verlass war.

Lisa hatte Glück, heute saßen nur Greta und Hannes vor dem *Buchmobil*. Die beiden würden ganz bestimmt nicht zur Presse laufen oder es sonst irgendjemandem auf die Nase binden. Entgegen ihrer sonstigen Gewohnheiten saßen die beiden schweigend nebeneinander, jeder in sein Buch vertieft. Ein sehr harmonisches Bild, fand Lisa. Leider würde sie die Harmonie jetzt stören.

»Moin, Lisa«, begrüßte Greta sie herzlich.

»Moin, ihr zwei.«

Hannes sah von seinem Buch auf.

»Na, du guckst aber nicht so glücklich aus der Wäsche«, bemerkte er.

Blöde Redewendung, dachte Lisa, *wer da wohl irgendwann mal irgendwo komisch aus der Wäsche heraus gesehen hatte?*

»Ich hab eine schlechte Nachricht.«

Beide guckten sie gespannt an.

»Vorhin hab ich mit Volker telefoniert, also mit dem Bodengutachter. Das Gutachten ist negativ – kein kontaminierter Boden.«

Greta und Hannes sahen sie enttäuscht an.

»Oh«, machte Greta.

»Mist!«, drückte Hannes es klarer aus.

»Schade, wäre auch zu einfach gewesen«, sagte Lisa.

»Ihr müsst das noch für euch behalten, das Gutachten geht nächste Woche erst per Post raus, dann ist es offiziell.«

»Natürlich!«, bestätigten beide gleichzeitig.

»Was machen wir denn jetzt?«, fragte Greta.

»Mhm.«

Lisa war ratlos.

»Keine Ahnung«, meinte Hannes, »vielleicht hätten wir am Tag vor der Bodenprobe hier irgendwas verteilen sollen? Ich wollte ja noch nachts mit der Schippe los …«

Die beiden Frauen lachten. Hannes fand in solchen Situationen meist schnell seinen Humor wieder.

»Genau, Hannes, und du wusstest auch genau, an welcher Stelle die buddeln?«, neckte Greta ihn.

»Na ja, ich hatte zumindest einen Plan«, verteidigte sich Hannes.

»Der aber nicht ausführbar war«, erwiderte Greta.

»Nicht streiten«, sagte Lisa.

Alle drei schwiegen einen Moment.

»Wie wäre es, wenn wir uns mal diesen Investor vorknöpfen?«, fragte Greta.

»Und dann?«

Lisa sah keinen Sinn darin.

»Nun, weiß ich nicht. Vielleicht können wir ihn überzeugen, dass das hier ein ganz blödes Gelände ist zum Bauen. Wir müssen ihm klarmachen, dass wir nicht aufhören werden zu demonstrieren und es ein Riesentumult gibt, wenn der erste Bagger anrückt. Ich persönlich werde mich an den nächsten Baum anketten. Da sollen die mich erst mal losschneiden …«

Greta war nicht zu stoppen, doch Hannes fiel ihr ins Wort.

»Greta, genau davon lässt der Investor sich abschrecken, dass er dich von einem Baum lossägen muss.«

Bei solchen Themen merkte man deutlich, dass die beiden Achtundsechziger waren.

»Aber, um ihn ein bisschen unter Druck zu setzen, reicht es, finde ich jedenfalls«, verteidigte sie sich.

»Nützen könnte es was. Aber höchstens, um das Ganze zu verzögern, verhindern kannst du es damit nicht.«

»Ich ruf da mal an!«, sagte Greta entschlossen.

Lisa bewunderte Gretas Kämpfernatur.

»Dannemann, mein Name. Guten Tag. Ich hätte gerne einen Termin bei Herrn Schnoor«, sprach Greta in ihr Smartphone.

»Nein. Direkt mit Herrn Schnoor, nicht mit einem anderen Mitarbeiter«, beharrte Greta.

»Nein. Ich interessiere mich nicht für eine Immobilie. Es geht um den Campingplatz in der Nähe von Lengburg.«

Lisa und Hannes sahen Greta fragend an. Daraufhin stellte sie am Smartphone den Lautsprecher an.

»Das Projekt liegt auf Eis, bis das Ergebnis von einem Bodengutachten da ist. Zu diesem Projekt kann ich Ihnen leider noch keinen Termin geben. Aber wir haben zurzeit in Anbrück mehrere interessante Bauprojekte. Was schwebt Ihnen denn vor, ein Haus oder eine Eigentumswohnung?«

Die Frau am anderen Ende der Leitung sprach in überfreundlichem Ton.

»Ich will nichts kaufen«, erklärte Greta. »Ich lebe auf dem Campingplatz und möchte mich mit Herrn Schnoor über den Grundstückskauf unterhalten.«

Daraufhin schaltete die Frau vom Akquisemodus in den Abwimmelton.

»Einen Termin bei Herrn Schnoor persönlich? Tut mir leid, in der nächsten Zeit nicht möglich.«

»Hören Sie mal, ich wohne hier auf dem Platz und ich garantiere Ihnen, dass wir uns nicht vertreiben lassen!«, bekräftigte Greta.

»Ich richte es aus«, versicherte die Frau unglaubwürdig und legte auf.

»Na toll«, stöhnte Greta.

Hannes grinste und wollte was sagen, doch Lisa kam ihm zuvor.

»War doch klar, Greta. Trotzdem toll, dass du es versucht hast.«

Hannes sah ein, dass das nicht der richtige Moment für Witze war: »Finde ich auch, Greta.«

»Ich fahre zu Herrn Schnoor!«

Greta stand auf, aber Hannes hielt sie zurück.

»Das bringt doch nichts. Die lassen dich bestimmt nicht in sein Büro.«

Resigniert sank Greta zurück in den Stuhl.

»Dann brauchen wir eine neue Idee!«

Sie sah Hannes mit einem herausfordernden Blick an.

»Wir könnten vielleicht …« begann Hannes.

Die beiden tauschten haarsträubende und unrealistische Ideen aus, die nicht umsetzbar waren. Lisa hörte nur noch am Anfang zu. Sie dachte über das Telefonat mit Volker nach. Am Dienstag müsste das Gutachten bei Jan ankommen. Sie hätte also nur einen Tag Zeit für ihr Vorhaben ... Bevor Lisa allerdings diese spezielle Idee in die Realität umsetzen würde, wollte sie eine einfachere Alternative nun doch nicht unversucht lassen.

$\mathcal{A}$uf dem Weg durch den Wald fragte Lisa sich, ob ihr Vorhaben tatsächlich eine Alternative darstellte. Ihr schwirrte die Begegnung mit Jan am See im Kopf herum. Ebenso ihr Bademantel auf der Stuhllehne. Er hätte ihn genauso gut mit der Post senden oder behalten können. *Obwohl, einen Bademantel per Post schicken? Ziemlich umständlich*, dachte Lisa. Vielleicht hatte er auch gar nicht mit ihr reden wollen, sondern nur den Mantel zurückbringen? Auf jeden Fall hat er mich zum Essen eingeladen und am See haben wir uns geküsst. Vollkommen egal bin ich ihm nicht, schoss es Lisa durch den Kopf. Sie setzte energisch einen Fuß vor den anderen.

Gestern Abend hatte Lisa gleich zwei Tüten Salzstangen verputzt und dabei lange überlegt, wie sie das Gespräch gestalten sollte. Sie hatte Argumente gesammelt, wie sie Jan davon überzeugen könnte, das Grundstück nicht zu verkaufen. Aber, ob er sich davon beeindrucken ließe? Lisa war sich nicht sicher. Außerdem hatte sie sich eine geschickte Frage ausgedacht, wie sie herausbekommen könnte, ob er beim Bademantel zurückbringen was bemerkt hatte oder nicht. *Warum waren Menschen nur so unberechenbar*, dachte Lisa. Mit den Formeln in ihren Exceltabellen ließ sich alles exakt berechnen. Schade, dass das im richtigen Leben nicht funktionierte.

Lisa beschlichen Zweifel, ob der anstehende Verkauf des Grundstücks und das Gutachten, dessen Ergebnis

Jan noch nicht wusste, die wirklichen Gründe waren, warum sie zu Jan wollte. Oder ob es vielleicht daran lag, dass sie nun wusste, dass Jan Witwer war. Sie gestand sich zumindest ein, dass sie ihn gerne wiedersehen wollte.

Als Lisa auf den Weg zum Hof abbog, überlegte sie, ob es nicht doch besser gewesen wäre vorher anzurufen. Aber dann hätte er leichter *Nein* sagen können. Wenn sie vor ihm stünde, würde er mit ihr reden, da war Lisa sich sicher.

Von Weitem sah sie, dass Jan mit einer anderen Person auf dem Hof stand. Lisa sprang auf den Grasstreifen am Wegrand und versteckte sich hinter der Mauer, die das Grundstück einrahmte. Hier sah sie niemand. Der Weg zum Hof machte kurz vor der Einfahrt eine leichte Kurve. Lisa wollte Jan auf keinen Fall in einem geschäftlichen Termin stören, das hielt sie für ungünstig. Sie blieb hinter der Mauer stehen und lugte um die Ecke. Lisa holte tief Luft. Auf dem Hof parkte ein Auto, die Fahrertür war offen. Sie sah, wie Jan sich mit einer Frau unterhielt. Lisa hörte nicht, was die beiden sprachen, dafür war sie zu weit entfernt, aber die Unterhaltung sah intim aus. Die Frau legte ihre Hand auf Jans Schulter und Jan lächelte sie an. Lisa musterte die Frau. Ihr Gesicht konnte sie nicht sehen. Lisa sah nur die langen blonden Haare, die bis zur Taille reichten. Sie versuchte sich zu beruhigen. *Das muss nichts heißen, wer weiß, wer das ist*, dachte sie. Doch im nächsten Moment umarmte Jan die Frau und küsste sie auf die Wange. Die Blonde lachte, stieg in das Auto und fuhr los. Lisa drückte sich rasch an die Mauer, sah aber noch aus dem Augenwinkel, wie Jan dem Auto nachwinkte.

Vorsichtig spähte Lisa um die Ecke. Eine junge Frau kam aus dem Haus und winkte dem Auto ebenfalls hinterher.

»Tschüs, Clara«, rief sie.

Das ist bestimmt Jans Tochter, dachte Lisa und im nächsten Moment: *Ach, die kennen sich dann wohl auch schon länger!*

Lisas erster Impuls war zu Jan zu gehen, sie entschied sich aber anders. *Was sollte sie denn dort noch? Ich kann ihn wohl kaum fragen, ob das seine Neue ist. Geht mich schließlich nichts an. Von wegen, der arme Witwer und er trauert vielleicht noch!*

Lisa hasste es, wenn sie eifersüchtig war, gestand sich dieses unangenehme Gefühl jedoch ein. *Dann weiß ich wenigstens, woran ich bin*, dachte sie bitter.

***

Jan wollte seiner Tochter im Stall helfen. Rike besaß zwei Pferde, um die sie sich vorbildlich kümmerte. Seitdem Rike ihre Ausbildung begonnen hatte, fehlte ihr oft die Zeit und sie war froh, wenn er ihr bei der Arbeit half. Als Jan in den Stall kam, saß seine Tochter auf den Strohballen und er gesellte sich zu ihr.

»Bist du glücklich mit der Entscheidung?«, fragte Rike.

»Ja, sehr.«

»Die ist wirklich nett. Sie war mir sofort sympathisch.«

»Ja?«, fragte Jan.

»Klar. Das klappt schon, da mach dir mal keine Sorgen.«

Beide schwiegen einen Moment.

»Denkst du noch oft an Mama?«

Jan sah seine Tochter überrascht an.

»Jeden Tag.«

»Ich auch«, gab Rike zu.

Jan atmete hörbar aus.

»Sowas dauert seine Zeit. Ich weiß auch nicht, ob die Trauer jemals ganz aufhört. Mittlerweile fühlt es sich an manchen Tagen nicht mehr ganz so schlimm an. Und dann … wenn ein Feiertag, ein Geburtstag oder ein Tag näher rückt, den wir immer zusammen verbracht haben, habe ich das Gefühl, es ist erst gestern passiert.«

»Das geht mir auch so. Am schlimmsten war mein erster Geburtstag ohne Mama.«

Rike hielt einen Strohhalm zwischen den Händen und spielte damit.

»Meinst du, dass das normal ist?«, fragte Rike.

»Was denn?«

»Dass ich sie immer noch so vermisse?«

»Natürlich, mein Schatz. Mach dir keine Sorgen. Jeder Mensch trauert anders und braucht seine Zeit dafür. Egal wie lange, das ist alles in Ordnung. Man …«

Jan sprach nicht weiter.

»Man?«, hakte Rike nach.

»Man muss nur aufpassen, nicht komplett in der Trauer zu versinken.«

»Du meinst so wie du am Anfang?«, fragte seine Tochter.

»Ja. Man muss trotzdem weiterleben, so schwer einem das am Anfang auch fällt. Aber diese ganzen Kleinigkeiten im Alltag, die man erledigen muss, die lenken ab und das ist gut.«

Rike wickelte sich einen Strohhalm um den Finger und spielte damit.

»Du, ich muss dir noch was sagen.«

Jan sah seine Tochter fragend an.

»Max hat mich gefragt, ob wir zusammenziehen wollen«, schoss es wie aus der Pistole aus ihr heraus.

»Das freut mich für dich. Und, was meinst du dazu?«

Max und Rike waren seit zwei Jahren ein Paar. Sie passten sehr gut zusammen. Jan mochte Max, er stand mit beiden Beinen im Leben und wusste, was er wollte. Das gefiel Jan.

»Ich hab schon Lust.«

»Aber?«

»Ich bin mir nicht sicher, ob ich dich hier alleine lassen kann.«

Jan sah Rike ernst an.

»Natürlich kannst du das. Außerdem bin ich nicht alleine. Opa ist auch noch da.«

»Ja, aber das ist doch nicht das Gleiche.«

»Nein, sicherlich nicht. Aber du kannst nicht ewig zuhause bleiben, du musst dein eigenes Leben leben.«

»Schon, aber du wirst mir bestimmt fehlen und Opa auch. Andererseits möchte ich aber auch mit Max zusammen sein. Außerdem würden wir in eine kleine Wohnung ziehen, das ist schon was anderes als hier auf dem Hof.«

»Aber ihr seid doch dann nicht aus der Welt. Ich hoffe, ich sehe euch trotzdem noch?«

»Na klar. Wir würden ja nur nach Anbrück ziehen.«

»Wann denn?«

»Keine Ahnung. Wir müssen ja erst mal anfangen zu suchen und was Passendes finden.«

»Ich drücke euch die Daumen.«

Rike fiel Jan um den Hals.

»Ach, Papa.«

***

Beim Arbeiten im Pferdestall dachte Jan über das Gespräch mit seiner Tochter nach. Auch wenn er vorhin verständnisvoll reagiert hatte auf ihre Auszugspläne, hieß das nicht, dass es ihm nicht naheging. Rikes Auszug würde eine große Veränderung in seinem Leben bedeuten. Er wäre dann alleine mit seinem kranken Schwiegervater auf dem Hof. Zum Glück stand ihm jetzt Clara zur Seite.

31

*L*isa bereute ihren Gang zum Tappe-Hof und die Idee, mit Jan reden zu wollen. Der Anblick der Frau, die so vertraut mit Jan gesprochen hatte, wäre ihr erspart geblieben.

Um ihren Ärger loszuwerden, beschloss Lisa ein paar Bahnen zu schwimmen. Sie zog ihren Badeanzug an, ein Longshirt darüber und machte sich mit einem Handtuch in der Hand auf den Weg zum See.

Am Rand der Grünfläche traf sie Joschi, der ihr freudestrahlend zuwinkte. Lisa war sich nicht sicher, ob er sie oder sie ihn adoptiert hatte. Auf jeden Fall waren die beiden ein Herz und eine Seele. Lisa freute sich jedes Mal, wenn sie den alten Mann traf.

»Na, junge Frau, wer hat dich denn geärgert?«

»Wieso?«, fragte Lisa scheinheilig. Sie wusste ganz genau, dass sie Joschi nichts vormachen konnte. Er erkannte in ihrem Gesicht jede Gefühlslage.

»Na, ich seh's dir doch an.«

»Hast ja recht, ich hatte schon bessere Tage. Aber ich schwimm gleich meinen Frust weg und danach geht's mir wieder gut.«

»Besser wegschwimmen als wegsaufen«, scherzte Joschi, »und auf jeden Fall gesünder.«

»Du lebst doch total gesund, Joschi. Immer hier draußen an der frischen Luft.«

»Ja, gibt Schlimmeres. Ich mach das ja gerne hier, auch wenn mir hinterher die Knochen weh tun. Was soll ich auch den ganzen Tag im Haus? Da kann ich doch besser meinem Sohn auf dem Platz helfen.«

»Den hab ich noch nie draußen arbeiten sehen?«

»Ach, der! Nee, der sitzt am liebsten vor seinem Computer. Was er da macht, kann ich dir auch nicht sagen.«

»Hast du ihn mal gefragt?«

»Klar, dann antwortet er immer ganz wichtig: ›Geschäfte‹. Pah, was das wohl für Geschäfte sein sollen. Aber wenn das Geld wieder knapp wird, dann steht er bei mir auf der Matte.«

Joschi blickte nachdenklich zum See.

»Wieso? Der muss doch genug verdienen mit dem Campingplatz hier, oder?«

Verlegen sah Joschi auf den Boden.

»Du, geht mich aber auch nichts an«, sagte Lisa eilig.

»Ach was, ich weiß ja, dass du nichts weitertratschst. Nee, der Kai gibt immer mehr aus, als er einnimmt.«

»Oh«, machte Lisa.

»Das ist eigentlich ein feiner Kerl, der Kai, aber mit Geld umgehen gehört nicht zu seinen Stärken«, verteidigte Joschi seinen Sohn.

»Da kann er froh sein, dass er so einen tollen Vater wie dich hat.«

Lisa versuchte den alten Mann aufzuheitern.

»Ob das für Kai gut wäre, wenn das mit dem Platz wirklich seinen Gang geht und alles Baugebiet wird? Da hab ich meine Bedenken, wenn du mich fragst.«

»Du meinst, weil er dann nichts mehr zu tun hat?«

160

»Nee, das wär nicht das Schlimmste. Faul war er schon immer. Nur dieses viele Geld, ob er damit umgehen kann, da bin ich mir nicht sicher.«

»Was denn für Geld?«, fragte Lisa.

»Der bekommt doch eine Riesenabfindung, wenn das hier Bauland wird. Der Campingplatz muss dann ja dicht machen und das muss ihn ja jemand entschädigen.«

»Wirklich? Darüber hab ich noch gar nicht nachgedacht.«

»Doch, doch, das ist aber eine Weile her. Da war Bauer Tappe bei uns. Der hat ihm eine große Summe angeboten, wenn er keine Schwierigkeiten macht und der Investor praktisch direkt nach dem Kauf mit dem Bauen anfangen kann«, erklärte Joschi und fügte hinzu, »also wenn dieses ganze Genehmigungszeugs durch ist.«

»Siehst du, ich hab mich immer schon gefragt, warum dein Sohn nicht mit uns demonstriert, obwohl es um seinen Campingplatz geht. Bei den anderen Aktionen hat er auch nicht mitgemacht. Der Hannes hat gesagt, er hätte Kai mal gefragt, ob er mitmachen will, aber der hätte nur abgewunken und sei brummelig weitergegangen.«

»Der will ganz bestimmt nicht demonstrieren. Im Gegenteil, der hat sich doch gefreut, als er das mit der Abfindung ausgehandelt hat. Hat sogar schon Prospekte von irgendwelchen Jachten bestellt. Dabei kann der gar nicht segeln. Der wird auf dem Tretboot schon seekrank«, scherzte Joschi.

Lisa lachte.

»Vielleicht will er das Boot nur in den Garten stellen. Macht doch was her, so eine Jacht.«

Joschi lachte herzhaft, sah dann Lisa aber mit ernster Miene an.

»Was meinst du, was der für Manschetten hatte, als das mit dem Gutachten losging. Da sieht er seine Felle schon davon schwimmen. Als ihr mit dem Demonstrieren angefangen habt, da hat er geschimpft, dass ihr ihm sein ganzes Geschäft kaputt macht.«

Lisa dachte einen Moment nach.

»Das heißt ja, der will uns in Wirklichkeit auch weghaben, Joschi?«

»Kann man wohl so sagen.«

»Da tun sich ja Abgründe auf. Weißt du, wir dachten immer, dass er eigentlich auf unserer Seite steht und nur aus irgendeinem Grund in der Öffentlichkeit nicht auftreten will. Als Campingplatzbesitzer muss man sich ja auch mit denen von der Stadt gut stellen. Und in Wirklichkeit wäre er froh, wenn wir hier wegmüssten.«

»Musst du nicht persönlich nehmen«, mahnte Joschi.

Lisa machte eine abwehrende Handbewegung.

»Keine Sorge.«

Joschi zog einen Zettel aus dem Latz seiner Arbeitshose.

»Ich muss los, zum Baumarkt. Ein paar Sachen für die sanitären Anlagen kaufen. Solange der Platz noch steht, muss alles funktionieren, nicht?«

»Das ist super Joschi.«

»Wenn ich es nicht mache, kümmert sich ja niemand drum. Der Kai bestimmt nicht.«

»Hoffentlich weiß er was er an dir hat.«

»Ich denke schon. Aber im Moment ist der irgendwie komisch. Vor ein paar Wochen hab ich ihn mitten in der Nacht auf dem Platz getroffen, war ganz schwarz gekleidet mit Kapuzenpulli. Ich überprüfe doch jeden Monat hier die Beleuchtung, ob alle Lampen an den Wegen funktionieren. An dem Abend, als ich es machen wollte, lief Fußball. Ich bin doch glatt vor dem Fernseher eingeschlafen. Deshalb war ich so spät noch unterwegs. Na, auf jeden Fall hab ich Kai gefragt, was er hier macht. Da hat er nur kurz irgendwas von frischer Luft erzählt.«

Lisa horchte auf, doch Joschi redete sofort weiter.

»Auf jeden Fall investiert wird hier nicht mehr, aber eine Dusche drüben ist kaputt. Da muss was abgedichtet werden.«

Gedankenverloren sah Joschi auf den Zettel in seiner Hand.

»Einkaufsliste. Hat mein Sohn geschrieben. Das kann wieder kein Mensch lesen«, regte Joschi sich auf.

Er hielt Lisa den Zettel hin.

Sie versuchte die untereinandergeschriebenen Wörter zu entziffern.

»Zumindest schwierig«, bestätigte sie.

Lisa sah noch einmal genauer hin.

»Ein Rechtschreibgenie ist er anscheinend auch nicht.«

»Ach was, das konnte der noch nie. War in der Schule schon so. Heute gibt's doch so ein Fremdwort dafür. Eine Zeitlang haben wir für Kai Nachhilfeunterricht

163

bezahlt, aber das hat nichts gebracht. Dafür konnte Kai immer schon super rechnen. Na, und dann haben wir ihn mit der Schreiberei in Ruhe gelassen.«

Joschi zeigte auf ein Wort, das auf dem Zettel stand.

»Hier zum Beispiel. Was soll das bloß heißen?«

Lisa folgte Joschis Zeigefinger und entzifferte das Wort Siehlikon.

ie einundzwanzigste Bahn schwamm Lisa bereits im See und hatte immer noch keine Lust aufzuhören. Lisa hatte ausgerechnet, dass die Strecke vom Steg aus bis zu einem Baum auf der gegenüberliegenden Seite ungefähr fünfzig Meter lang sein musste. Das entsprach in etwa den Bahnen, die sie sonst im Schwimmbad zog. Meistens schwamm Lisa tausend Meter. Heute hörte sie nach der üblichen Distanz aber nicht auf. Zu viele Dinge schwirrten ihr im Kopf herum. Das gleichmäßige Schwimmen half ihr dabei, die Gedanken zu ordnen.

Nach dem Gespräch mit Joschi war Lisa sich sicher, dass Kai in das *Buchmobil* eingebrochen war. Lisa konnte sich nicht entscheiden, wie sie mit diesem Wissen umgehen sollte.

Einerseits könnte sie es den anderen erzählen oder Kai direkt darauf ansprechen. Andererseits könnte sie die Unterhaltung mit Joschi einfach für sich behalten. Lisa durchdachte alle Aspekte. Während sie die dreißigste Bahn schwamm, fasste sie einen Entschluss.

Lisa trocknete sich ab und setzte sich in das Gras. Der weite Blick über den See tat ihr gut. Wie zur Bestätigung sagte sie in Gedanken noch einmal zu sich selber: *Ja, das ist die richtige Entscheidung. Joschi hat mir alles im Vertrauen erzählt und ich möchte ihn nicht enttäuschen. Wenn ich die Sache auffliegen lasse, wem ist damit geholfen? Niemandem. Letztendlich ist ja auch nicht viel passiert.*

Die Bücher standen längst wieder an ihrem Platz. Greta war sicher, dass kein Buch fehlte und Hannes hatte im Internet tatsächlich eine Ersatztür für das *Buchmobil* gefunden. *Also, alle glücklich*, dachte Lisa. *Außer mir!* Sie träumte schon wieder mit offenen Augen von Jan.

***

Am nächsten Morgen hatte Lisa ihren Arbeitgeber angerufen. Der war nicht begeistert, als sie kurzfristig einen Tag frei nehmen wollte, hatte aber letztendlich zugestimmt.

Gut so, dachte Lisa, während sie im Moos lag und den Feldweg beobachtete. Gestern Abend hatte sie sich endgültig dafür entschieden, ihre spezielle Idee in die Tat umzusetzen. Nach einer Stunde Warten im Wald kamen ihr jedoch Zweifel. *Ob das wirklich klappen kann*, fragte sie sich. Ob Volker tatsächlich den richtigen Tag genannt hatte? Oder vielleicht fuhr Patrick heute die Tour wieder anders herum, so wie an dem Tag, als sie ihn mit dem zerrissenen Brief ertappt hatte. In dem Fall könnte sie hier an diesem Weg lange warten. Doch weiter kam Lisa mit ihren Gedanken nicht. Sie sah Patrick auf dem Dienstrad heranfahren. *Jetzt oder nie*, dachte Lisa und rappelte sich hoch. Sie hatte extra eine Stelle ausgesucht, an der der Waldweg auf der einen Seite in eine leichte Böschung überging. Am Rand standen ein paar hohe Sträucher. Vorsichtig bewegte Lisa sich auf die Kante zu und ging ein wenig in die Knie, damit die

Sträucher sie verdeckten. Sie passte auf, dass sie zeitgleich mit dem Postboten an einer bestimmten Stelle zusammentraf. Dann tat Lisa so, als ob sie ausrutschte, und stürzte sich auf Patrick. Der war total perplex und fiel mitsamt dem Fahrrad um. Lisa lag halb auf ihm. Die Tasche, die vorne auf dem Gepäckträger stand, lag auf dem Boden und alle Briefe verstreut daneben.

»Lisa! Mein Gott, ist dir was passiert?«, fragte Patrick entsetzt.

»Ich glaube nicht«, antwortete Lisa.

Tatsächlich schmerzte ihr Knöchel ein bisschen, aber das musste warten.

»Bei dir alles in Ordnung?«, fragte sie.

»Ich weiß nicht.«

Er machte einen leicht benommenen Eindruck auf Lisa.

»Warte, ich helf dir.«

Lisa stand auf und hielt Patrick eine Hand entgegen. Der stand mühsam auf. Lisa bekam einen Schreck. Patrick krempelte einen Ärmel hoch und sah entsetzt auf seinen Arm.

»Oh Gott«, rief er und taumelte.

Lisa stützte Patrick und half ihm sich an den Wegrand zu setzen. Als Nächstes untersuchte sie die Wunde. Kaum der Rede wert, fand sie. Es war eine leichte Schürfwunde, die würde in ein paar Tagen verheilt sein. Belustigt dachte Lisa: *kleines Weichei.*

»Ich kann kein Blut sehen«, jammerte Patrick.

»Dann sieh einfach nicht hin«, sagte Lisa.

Sie vernahm ein klägliches *Ja.*

Sogleich legte Patrick den Kopf auf seine verschränkten Arme, die er auf die angezogenen Knie gelegt hatte und schaute zum Boden.

Blitzschnell nutzte Lisa die Situation.

»Du, am besten bleibst du erst mal da sitzen. Nicht aufstehen. Ich kümmer mich um das Rad.«

»Mhm«, machte Patrick nur.

Lisa fühlte sich erbärmlich, aber die Sache war es schließlich wert. Patricks Rad stellte sie auf den Ständer und hob schnell die Tasche mit den Briefen auf. Lisa wusste genau, dass dort die Post steckte, die er als Nächstes austragen würde. Lange suchte sie nicht, sofort fand sie den DIN-A 4-Umschlag, der an Jan Tappe adressiert war. Hastig steckte Lisa den Brief in ihren Rucksack und befestigte die Posttasche am Rad.

»Dem Rad ist nichts passiert«, sagte sie aufmunternd.

»Mhm«, machte Patrick wieder.

Oh Gott, dachte Lisa und ging zu Patrick hinüber. Sie setzte sich neben den jungen Mann.

»Zeig noch mal die Wunde«, forderte Lisa ihn auf.

Patrick zeigte Lisa den verletzten Arm, sah aber demonstrativ zur anderen Seite, damit er bloß kein Blut sehen musste. Lisa holte ein Papiertaschentuch aus ihrem Rucksack und wischte ein bisschen Blut damit weg. Das meiste war bereits angetrocknet.

»Du, das ist nicht schlimm. In ein paar Tagen ist das verheilt.«

Patrick sah Lisa mit unsicherem Blick an.

»Meinst du?«

»Na klar. Wenn du möchtest, kann ich dir trotzdem einen Verband drum machen?«

»Ja«, antwortete Patrick in leidendem Ton.

»Okay, versuch mal aufzustehen.«

In Zeitlupe richtete Patrick sich auf. Lisa bekam Angst, dass sein Kreislauf absacken könnte, aber nach ein paar Schritten schien die Gefahr gebannt. Lisa schob Patricks Rad und er ging mit unsicheren Schritten neben ihr her – immerhin.

»Was hast du denn da gemacht im Wald?«, fragte Patrick.

»Ach, ich war lange wandern und da musste ich mal in die Botanik.«

Patrick sah verlegen zur Seite.

»Auf der Böschung bin ich irgendwie abgerutscht. In den letzten Tagen hat es doch geregnet, da war der Boden mit dem vielen Moos ganz rutschig. Nächstes Mal passe ich besser auf, versprochen.«

»Ach, ist doch nichts passiert«, antwortete Patrick gespielt lässig.

Zum Glück hatte Patrick sich nicht ernsthaft verletzt. Lisa freute sich – nicht nur darüber. Ihren Rucksack hielt sie fest in der Hand.

33

*Z*um fünften Mal wählte Jan die Telefonnummer des Gutachters. Wieder nur der Anrufbeantworter, auf dem Jan keine Nachricht hinterlassen konnte. Jan hörte auf dem Band, dass Herr Middendorf erst in ein paar Monaten wieder erreichbar sei und teilte die Telefonnummer eines Kollegen mit, den man ersatzweise kontaktieren könne. Jan fiel ein, dass der Gutachter im Telefonat erzählt hatte, dass er demnächst auf Reisen sei und dass er den Auftrag eigentlich nicht mehr annehmen wollte. Das Gutachten musste längst unterwegs zu ihm sein. Aber auch heute Morgen war nichts in der Post gewesen. *Vielleicht gibt es eine Homepage, auf der Genaueres steht,* dachte Jan und schaltete den Computer ein.

Eine Website fand Jan, aber dort las er nur denselben Text, den der Gutachter auf den Anrufbeantworter gesprochen hatte. *Vielleicht hätte ich doch vorher sorgfältig recherchieren sollen, wer für den Auftrag infrage kommt,* dachte Jan. Er hatte sich blindlings auf die Empfehlung von einem Freund verlassen. Jans Hoffnung, eine Mobilnummer von Herrn Middendorf auf der Seite zu finden, wurde enttäuscht.

Jans Enttäuschung über seine Entdeckung in der letzten Woche hielt ebenfalls an. Er konnte es immer noch nicht fassen. Anscheinend schrieb Lisa Masterarbeiten für Studenten und nahm Geld dafür. So etwas gab es doch sonst nur im Fernsehen oder im Krimi, jedenfalls hatte Jan real noch nie davon gehört. Wenn er mit seiner Vermutung richtig lag, war Lisas Art, Geld zu verdienen, kriminell und er müsste zur Polizei gehen. Beweise hatte er jedoch keine. Außerdem käme dann heraus, dass er Lisa nachspioniert hatte, was ihm immer noch nicht behagte. Jan nahm sich vor, mit Lisa darüber zu sprechen, auch wenn das schwierig werden würde. Trotzdem, Jan wollte unbedingt Sicherheit haben. Er musste wissen, woran er bei Lisa war und hoffte, dass es eine andere Erklärung für das gäbe, was er im Café beobachtet hatte. Schließlich hatte er nur einen Umschlag gesehen. Ob wirklich Geld darin war, konnte Jan nicht beurteilen.

Jan klickte auf der Homepage des Gutachters hin und her. Unter Referenzen standen namhafte Unternehmer aus der Gegend. Ein paar davon kannte Jan, was ihn beruhigte. Trotzdem, wenn in den nächsten Tagen kein Gutachten in der Post läge, würde er der Sache auf den Grund gehen. Bislang hatte er nur eine Anzahlung leisten müssen. Aber er brauchte dringend das Ergebnis und musste wissen, ob der Boden in Ordnung oder verseucht war. Erst danach konnte er mit dem Investor weiter verhandeln.

Als Jan die Homepage schließen wollte, blieb sein Blick auf einem Foto hängen. Es war nicht auf der Startseite platziert und fiel ihm deshalb erst jetzt auf. *Den kenne ich doch*, dachte Jan. Er sah genauer hin. Tatsächlich, das ist der Mann, mit dem er Lisa im griechischen Restaurant gesehen hatte. Seine Gedanken überschlugen sich. Was hatte das zu bedeuten? Wieso kannte Lisa Herrn Middendorf? Das heißt, wieso kannte Lisa den

Gutachter privat? Konnte das wirklich Zufall sein? Ein Gedanke schlich sich in Jans Synapsen: *Wenn der Gutachter monatelang auf Reisen war und Lisa auf dem Campingplatz blieb, standen die beiden vielleicht doch nicht in einer engen Beziehung zueinander.*

Jan überlegte und gelangte zu der Frage, ob das Ergebnis der Proben neutral sein könnte, wenn Lisa und der Gutachter sich kannten? Nun ja, Bodenproben waren Bodenproben. Die würde der Gutachter nicht fälschen können? Oder?

$\mathcal{D}$iese Warterei und nichts tun können macht mich nervös«, sagte Greta.

»Kannst ja noch mal bei dem Schnoor anrufen.«

Hannes grinste, woraufhin Greta eine Schnute zog.

Einige Luchs-Camper hatten sich wieder wie zufällig am *Buchmobil* getroffen. Sie beratschlagten über Bauer Tappe und den möglichen Grundstücksverkauf.

»Ich finde, wir sollten wieder demonstrieren«, sagte Silvia.

»Viel gebracht hat das beim letzten Mal nicht«, meinte Paul.

»Doch, der Tappe hat ein Bodengutachten in Auftrag gegeben«, sagte Hannes.

»Stimmt, was ist denn damit?«

»Es stand noch nichts in der Zeitung«, wusste Greta.

»Hat der Bürgermeister eigentlich mal Stellung bezogen?«

»Der Pippenbrock? Was denkst du denn? Wenn der extra abhaut am Tag der Demo.«

»Der könnte sich mal äußern zu der ganzen Geschichte. Gut, ob wir von dem wirklich Unterstützung erwarten können ist die Frage, aber bislang hat er noch nichts zu der Thematik gesagt. Schließlich geht den das auch was an, der ist doch hier Bürgermeister! Und dann haut er ab, wenn wir demonstrieren.«

»Aber jetzt ist er wieder da«, sagte Silvia, »am Wochenende hab ich ihn auf dem Schützenfest gesehen.«

»Du gehst zum Schützenfest?«, fragte Hannes entsetzt.

»Nein. Ja. Halt nur mal ein Bier trinken«, verteidigte Silvia sich. »Ist doch nicht verboten.«

»Abgründe«, sagte Hannes grinsend.

»Lasst uns doch einen Termin mit dem Bürgermeister vereinbaren?«, schlug jemand vor.

»Warum nicht?«, fragte Hannes in die Runde.

»Nichts da Termin!«, ergriff Greta das Wort. »Wir gehen einfach hin!«

Greta hatte ihre Termin-Niederlage beim Anruf im Investorenbüro anscheinend noch nicht überwunden.

»Einfach so?«, fragte Silvia. »Wir wissen doch gar nicht, ob der da ist?«

»Sehen wir dann ja!«

Greta schien fest entschlossen.

»Ich kenn da jemand auf dem Bauamt«, erklärte Paul.

»Und der weiß wann der Bürgermeister im Haus ist?«, fragte Silvia.

»Sie«, grinste Paul süffisant, »ich könnte sie fragen.«

Alle verdrehten die Augen.

»Das ist super, Paul«, sagte Greta.

Er griff sofort zum Smartphone und wählte. Als am anderen Ende jemand abhob, ging Paul ein Stück von der Gruppe weg. Anscheinend wollte er ungestört telefonieren.

»Ist geritzt.« Paul strahlte siegessicher über das ganze Gesicht. »Morgen Vormittag ist er da. Sie ist sich ganz sicher.«

»Nun, also statten wir ihm Morgen einen Besuch ab«, entschied Greta.

Obwohl es nicht wie eine Frage klang, stimmten alle zu.

»Basteln wir wieder Plakate?«, fragte Silvia.

»Nein, lass mal, wir wollen ja nicht demonstrieren.«

***

Am nächsten Morgen fuhren alle mit ihren Fahrrädern zum Rathaus. Das Auto von Bürgermeister Pippenbrock stand auf dem Parkplatz.

Greta ging vorne weg die Treppe hinauf zum Büro des Bürgermeisters. Leider gelangte man zu ihm nur über das Vorzimmer, in das nicht alle Camper hinein passten. Deshalb diskutierten nur Greta, Hannes und Silvia mit der verdutzten Sekretärin, die immer wieder behauptete, Herr Pippenbrock sei nicht im Haus. Alle anderen hörten vom Flur aus mit. Lisa hielt sich bewusst im Hintergrund. Eigentlich wollte sie nicht mitkommen, aber Hannes hatte ihr mehrfach versichert, dass er sie auf gar keinen Fall auf irgendeine Bühne schleppen würde. Lisa hatte schließlich eingewilligt.

»Wir haben unten auf dem Parkplatz seinen SUV gesehen!«, behauptete Silvia bereits zum dritten Mal.

»Ja. Nur ist der Herr Bürgermeister trotzdem nicht im Haus. Er ist zu einem Termin mit dem Pedelec gefahren.«

»Der kann doch gar kein Rad fahren, das haben wir doch bei der letzten Wohltätigkeitsveranstaltung auf dem Radparcours gesehen«, witzelte Hannes.

Alle lachten. Nur die Sekretärin nicht, die verzog keine Miene.

»Wir lassen uns nicht abwimmeln«, bekräftigte Greta.

»Ich kann gerne einen Termin mit Ihnen vereinbaren. In vier Wochen hätte der Bürgermeister …«

»In vier Wochen ist der Campingplatz vielleicht längst unter dem Hammer«, sagte Silvia entrüstet.

In diesem Moment hörten alle eine laute Stimme auf dem Flur.

»Was ist denn hier los?«

Bürgermeister Pippenbrock bahnte sich einen Weg durch die Gruppe. Die Sekretärin sprang auf.

»Herr Pippenbrock, ich hab wirklich alles versucht …«

Der winkte ab.

»Wer sind denn diese Leute? Worum geht es hier?«

Greta und Silvia redeten gleichzeitig los, doch Greta setzte sich durch.

»Herr Bürgermeister Pippenbrock, wie Sie wissen, soll unser Campingplatz verkauft werden …«

»Es geht um den Platz am See?«, fragte Herr Pippenbrock.

»Nun, genau. Einige von uns leben auf diesem Campingplatz …«

»Was nicht ganz legal ist!«, unterbrach der Bürgermeister Greta ein weiteres Mal.

»Darum geht es doch jetzt nicht!«, entrüstete Greta sich.

»Ich schlage vor, wir gehen kurz in den großen Besprechungsraum«, sagte Herr Pippenbrock. »Viel Zeit habe ich aber nicht«, fügte er eilig hinzu.

Stühle wurden ihnen gar nicht erst angeboten. Alle standen um den Tisch herum verteilt und sahen den Bürgermeister erwartungsvoll an. Lisa blieb im Türrahmen stehen.

Greta setzte erneut an.

»Wie Sie wissen, soll das Luchs-Camp Bauland werden. Aber wir leben auf dem Campingplatz und können nirgendwo anders hin.«

»Das ist doch alles noch gar nicht sicher«, wimmelte der Bürgermeister ab.

»Aber die Verhandlungen zwischen Herrn Tappe und dem Investor laufen schon, da können Sie doch nicht sagen, das sei noch nicht sicher. Wenn es sicher ist, ist alles zu spät«, sagte Greta verärgert.

»Wir müssen da erst mal das Gutachten abwarten«, sagte Herr Pippenbrock.

»Kann die Stadt Lengburg uns ein Ersatzgrundstück zur Verfügung stellen, wenn der Campingplatz zum Bauland wird?«, fragte Hannes.

»Ersatzgrundstück, papperlapapp. Sowas fehlt mir noch. Sie können sich gerne alle ein Grundstück kaufen und darauf ein Haus bauen, wie alle anderen Bürger aus dem Ort!«, behauptete der Bürgermeister.

»Können wir eben nicht!«

Alle drehten sich zur Tür und sahen Lisa erstaunt an.

35

*E*rschrocken über die Lautstärke ihrer eigenen Stimme sah Lisa verlegen auf den Boden. Mit zitternden Knien ging sie auf den Bürgermeister zu.

»Können wir eben nicht«, wiederholte sie leiser, aber energisch.

»Ich jedenfalls kann das nicht! Mir fehlt schlicht und einfach das Geld dafür. Kommen Sie mir jetzt nicht mit einem Kredit von der Bank. Das funktioniert nämlich nicht. Selbst wenn ich wollte, aber ich will gar nicht, das sage ich Ihnen gleich. Selbst wenn ich wollte, in meinem Alter bekomme ich nur noch sehr schwer einen Kredit. Auf jeden Fall nicht in der Höhe, um mir ein Grundstück zu kaufen und ein Haus zu bauen. Und wenn, dann wären die monatlichen Raten so hoch, dass ich sie nicht bezahlen könnte.«

Der Bürgermeister sah verdutzt drein und war sprachlos.

Lisa dagegen schwieg nicht und redete weiter.

»Außerdem will ich das gar nicht! Ein Haus auf Kredit kaufen. Und dann bezahle ich bis an mein Lebensende so einen Scheißkredit ab. Wer will das denn? Das Haus gehört sowieso bis zum Schluss der Bank. Wenn ich sage, bis zum Schluss, dann meine ich bis zum Schluss, nämlich bis die Leute ins Gras beißen! Fragen Sie doch mal die Leute in Ihrer Stadt, wer von denen das Haus wirklich abbezahlt! Das schafft doch fast niemand. Es sei denn, jemand hat geerbt oder gewinnt im Lotto. Aber nur mit dem bisschen angespartem Geld, das die meisten haben, und einem Kredit, da können sie arbeiten, bis sie schwarz werden. Genau darauf spekulieren die Banken! Oder glauben Sie, die haben wirklich ein Interesse daran, dass ausgerechnet Lieschen Müller ein Eigenheim besitzt? So ein Quatsch. Die spekulieren darauf, dass die Leute ihr Haus nicht abbezahlen können und es dann der Bank gehört. Über Scheidungen freuen sich alle Kreditinstitute. Wussten Sie das nicht? Die Bank verkauft das Haus dann gewinnbringend an den nächsten Deppen. Und wissen Sie was? Darauf haben wir alle gar keine Lust und deshalb fühlen wir uns so wohl in unseren abbezahlten Mobilheimen auf dem Campingplatz. Sie können gerne mal ein paar Tage bei uns verbringen und sehen, wie es ist, mitten in der Natur zu leben. Wir wollen gar nicht woanders wohnen! Ob Ihnen das passt oder nicht. Und das ist unser gutes Recht!«

Lisa holte Luft und sah sich erschrocken um. Sie schaute in verblüffte Gesichter. Hannes fing sich als Erster und klatschte. Alle anderen, außer dem Bürgermeister, stimmten mit ein. Lisa lief in Sekundenschnelle puterrot an, freute sich aber über den Applaus.

Greta ging freudestrahlend zu Lisa.

»Was war das denn?«

»Ich weiß nicht. Der Typ hat mich so wütend gemacht, der weiß doch gar nicht, um was es hier wirklich geht.«

Lisa strahlte über das ganze Gesicht und sah aus dem Augenwinkel, dass der Bürgermeister schimpfend den Raum verließ. Die anderen pfiffen hinter ihm her.

Beim Bürgermeister erreichten sie nichts, da waren sich alle einig. Auf dem Weg die Treppe hinunter klopften ein paar Luchs-Camper Lisa auf die Schulter.

»Tolle Rede.«

»Hätte ich nicht besser gekonnt.«

***

Abends trafen sich alle bei Hannes auf der Terrasse zum Grillen. Lisa hatte sich verspätet. Als sie auf den gedeckten Tisch zuging, fingen alle an zu klatschen, um ihre Rede beim Bürgermeister erneut zu würdigen. Das war schon der zweite Applaus, den Lisa heute bekam. Innerlich freute sie sich, aber die Röte stieg ihr ins Gesicht und sie verdeckte es mit beiden Händen. So viel Aufmerksamkeit war ihr peinlich. Greta kam Lisa zu Hilfe und wies auf den Stuhl neben ihr.

»Braucht dir nicht peinlich sein, kannst du ruhig stolz sein«, flüsterte Greta.

»Aber jetzt können wir gerne das Thema wechseln«, sagte Lisa leise.

Sie bekam ein Bier und alle prosteten ihr zu.

»Das war doch eine gelungene Aktion heute Nachmittag«, sagte Hannes.

»Auf Lisas Rede bezogen auf jeden Fall«, bestätigte Greta.

»Leider hat uns das Ganze nicht weitergebracht.«

»Das stimmt.«

Silvia kam ebenfalls zu spät.

»Ihr glaubt nicht, was passiert ist!«, rief sie.

Alle sahen sie erwartungsvoll an und Silvia sprudelte los.

»Vorhin hab ich einen Anruf von der Polizei bekommen. Der Wolfi ist total unschuldig. Endlich sind sie drauf gekommen, dass das am Hals von diesem Schaf gar keine Bissspuren waren, sondern sich das Lamm nur im Stacheldrahtzaun verfangen hatte. Irgendwie ist es wohl nachts dort hängengeblieben und konnte sich nicht selber befreien. So was gibt's doch gar nicht, aber erst mal unseren Wolfi verdächtigen.«

Endlich holte Silvia Luft.

»Na, das ist doch mal was Positives«, sagte Hannes.

Die Stimmung besserte sich.

»Wenigstens eine gute Nachricht für heute«, rief Greta und hob ihr Glas, »und feiern müssen wir schließlich auch mal.«

»Da hast du recht.«

»Früher haben wir viel öfter gefeiert«, sagte jemand am Ende des Tisches.

Ein paar nickten heftig.

»Dieser Campingplatzverkauf schwebt wie ein Damoklesschwert über uns und drückt auf die Stimmung«, sagte Greta.

»Wir müssen uns was Neues überlegen, aber mir fällt auch nichts mehr ein, was wir noch unternehmen können«, sagte Silvia resigniert.

Lisas Gedanken schweiften ab, zu ihrem Unfall mit dem Postboten. Bis sie Hannes Stimme hörte.

»Lisa, auch eine Wurst?« Hannes hielt ihr den Teller mit frisch gebratenen Würstchen hin.

»Gerne, danke.«

Lisa lief das Wasser im Mund zusammen. Hannes besaß den besten Grill auf dem Campingplatz. Der Grill war allerdings der einzige Grund, warum sich alle bei Hannes trafen. Auf der kleinen Terrasse seines Mobilheimes war es eng mit so vielen Leuten, aber auf die Würstchen von Hannes Grill wollte niemand verzichten, dann lieber eng sitzen.

»Können wir nicht selber einen Campingplatz aufmachen?«, fragte Paul.

Alle sahen ihn verblüfft an.

»Wie willst du das anstellen?«

»Weiß ich nicht. Grundstück kaufen, sanitäre Anlagen bauen, Kneipe drauf stellen, fertig.«

Paul grinste über sich selber.

»Wenn das man so einfach wäre«, sagte Silvia.

»Du, so doof finde ich die Idee nicht«, fand Hannes.

»Findest du?«, fragte Lisa skeptisch.

Es war wirklich erstaunlich! Seitdem sie sich heute Vormittag überwunden hatte, im Rathaus eine Rede vor dem Bürgermeister zu halten, fiel es ihr plötzlich leichter, in dieser großen Runde etwas zu sagen.

»Da wären wir auf jeden Fall unabhängig«, warf Hannes ein.

Es entstand eine Gesprächspause.

»Mal im Ernst, weiß irgendjemand, wie man so was macht? Einen Campingplatz bauen?«

Alle sahen sich fragend an.

»Wie man das praktisch umsetzt ist, wohl nicht das Problem, ich schätze, dass wir die Finanzen nicht haben«, bemerkte Hannes.

»Nun, man müsste erst mal ein passendes Grundstück dafür kaufen oder pachten«, sagte Greta.

Alle diskutierten engagiert Pauls Idee, verwarfen sie letztendlich aber.

Dann wollte niemand mehr über die vertrackte Situation reden.

Hannes erzählte Anekdoten vom Luchs-Camp. Lisa konnte nicht jeder Geschichte folgen, weil ihr Detailinformationen fehlten, hörte aber trotzdem gerne zu. Sie staunte immer wieder, wie viele unterschiedliche Leute auf dem Campingplatz lebten. Vor allem solche, die man hier überhaupt nicht vermutete.

***

Lisa saß als eine der letzten am Tisch, gähnte aber schon zum dritten Mal und verabschiedete sich.

Auf dem Weg zu ihrem Mobilheim durch die laue Sommernacht stieg Melancholie in ihr auf. Sie dachte darüber nach, wann sie das letzte Mal so einen tollen Abend verlebt hatte, und gestand sich ein, dass es lange her war. Auf jeden Fall zu lange.

In ihrer Küche schenkte Lisa sich ein Glas Rotwein ein und setzte sich auf die Stufen vor die Tür, auf denen sie so gerne saß. Der zunehmende Mond schien durch die Bäume, in denen ein leichter Wind rauschte. Lisa genoss den romantischen Moment. *So wohl habe ich mich in keiner meiner Wohnungen gefühlt*, ging es ihr durch den Kopf. Vielleicht ist es auch nicht möglich, so etwas in einer Wohnung zu erleben, sondern nur in der Natur. Darauf verzichte ich nicht mehr, beschloss Lisa. Ihre spezielle Idee wollte sie morgen weiter in die Tat umsetzen. Doch erst einmal legte Lisa sich in ihrem fantastischen Zuhause schlafen.

36

*U*ngefähr eine Woche später als angekündigt bekam Jan das Gutachten per Post. Den Brief riss er direkt auf. Jan brauchte nicht lange lesen, in den ersten Sätzen stand es schwarz auf weiß: kontaminierter Boden. Welche Stoffe genau gefunden worden waren, überflog er nur. Er las gleich weiter unter dem Punkt, was nun zu tun wäre. Dort stand, dass in einem aufwendigen Sanierungsverfahren das gesamte Gelände ausgekoffert werden müsste. Anders wäre es nicht machbar, den Boden in Bauland umzuwandeln. Enttäuscht ließ Jan den Brief sinken.

Bauen könnte man trotzdem auf dem Grundstück – soweit die gute Nachricht. Die Sanierung würde allerdings einen Haufen Geld kosten und er war sich nicht sicher, ob der Investor unter diesen Umständen nicht abspringen würde. Abgesehen von den Kosten wäre auch der Imageverlust des Areals zu bedenken. Man müsste sich mit vielen Nachfragen und dem Misstrauen der Käufer auseinandersetzen. Das kostete nicht nur Zeit, sondern auch Nerven. Auf jeden Fall würde der Investor versuchen, den Preis zu drücken, da war er sich sicher.

Jan könnte das Grundstück auch ohne Investor in einzelne Baugrundstücke aufteilen. Den Verkauf müsste er dann selber managen. Allerdings hätte Jan dann viel Arbeit in einer Thematik, in der er sich nicht auskannte. Lieber wollte er weiter an der Umstellung seines Hofes auf Bio arbeiten, anstatt Immobilienmakler zu werden.

Jan las einen Abschnitt im Gutachten, den er vorhin nur überflogen hatte. Tatsächlich, dort stand es. Für die Campingplatzbewohner bestünde keine Gefahr, Campen war weiterhin dort erlaubt, solange niemand anfinge, tief in der Erde zu buddeln. Vom Verzehr von selbst angebautem Gemüse riet das Gutachten ab. *Komisch*, dachte Jan, *ein besseres Gutachten konnte es für die Camper nicht geben.*

✳✳✳

Mit dem Brief in der Hand ging Jan zu seinem Nachbarn. Er hatte Glück, Piet saß ausnahmsweise im Büro und ließ sich gerne beim Papierkram stören.

»Käffchen?«, fragte Piet.

»Nee, lass mal. Ich schätze, den vertrage ich heute nicht mehr.«

Nachdem Piet das Gutachten gelesen hatte, schüttelte er den Kopf.

»Schlimmer hätte es nicht kommen können«, bestätigte er Jan.

»Mhm.«

»Was machst du denn jetzt? Du wolltest das Geld doch investieren, um den Hof auf Bio umzustellen.«

»Das weiß ich noch nicht.«

Jan sah aus dem Fenster und überlegte einen Moment.

»Weißt du, mein Schwiegervater hat mir angeboten, sein Haus in Anbrück zu verkaufen. Das hat er doch damals von einer Tante geerbt.«

»Ist doch gut. Wirft bestimmt eine Menge ab. Die Immobilienpreise sind in den letzten Jahren in Anbrück drastisch angestiegen.«

»Das stimmt, aber eigentlich möchte ich das nicht.«

»Jau, aber du bist doch für den alten Tappe schon lange wie der eigene Sohn und irgendwann erbst du sowieso alles. Auch wenn sich das nüchtern betrachtet berechnend anhört.«

»Schon.«

»Aber?«

»Mein Schwiegervater ist jetzt nach dem zweiten Schlaganfall noch mehr auf uns angewiesen, auch wenn ich eine sehr gute Pflegekraft gefunden habe. Ich möchte nicht, dass er sich irgendwie entmündigt vorkommt. Der Hof wurde schon vor langer Zeit auf mich umgeschrieben. Das Haus in Anbrück ist das letzte, was ihm noch gehört.«

»Verstehe.«

»Hört sich vielleicht doof an«, gab Jan zu.

»Jau, kann ich gut nachvollziehen. Nur, wenn er es dir von sich aus angeboten hat, dann ist es für ihn wahrscheinlich in Ordnung und du machst dir umsonst Gedanken.«

Jan sah Piet überrascht an.

»Das kann sein«, sagte Jan, »ich denk mal drüber nach. Vielleicht rede ich noch mal mit ihm.«

»Ja, das könnte helfen.«

»Übrigens meine Tochter will ausziehen. Das ist die nächste Neuigkeit für heute.«

Piet sah verlegen zur Seite und nuschelte irgendetwas vor sich hin.

»Ach, du wusstest davon?«

Jan war nicht wirklich überrascht, Piet war der Patenonkel von Rike. Manchmal besprach sie brisante Themen erst mit Piet.

»Alles in Ordnung«, beruhigte Jan seinen Nachbarn, »das mit dem Gutachten ist viel schlimmer.«

»Und alles nur, weil eine von denen da drüben«, Piet zeigte mit der Hand in Richtung Campingplatz, »auf die bescheuerte Idee gekommen ist, dass dort mal eine Fabrik gestanden hat.«

»Wenn dieses Bodengutachten nicht wäre, hätte ich längst alles unter Dach und Fach. Dem Investor konnte es vorher gar nicht schnell genug gehen, aber als er das mit der Fabrik mitbekommen hat, ist er natürlich hellhörig geworden.«

»Hast du schon mit ihm über das Gutachten gesprochen?«

»Nein, ich hab es vorhin erst mit der Post bekommen. Hat auch lange genug gedauert. Eigentlich sollte das Gutachten schon längst bei mir im Briefkasten liegen. Aber vielleicht hat die Post gebummelt.«

»Letzte Woche? Da hatte doch der Patrick einen Unfall«, erzählte Piet.

»Was für einen Unfall?«

»Hast du davon noch nicht gehört?«

Jan schüttelte den Kopf.

»Silvia, das ist die mit dem großen Hund, weißt du?«

»Ja, die kenne ich vom Sehen.«

»Also, sie hat mir erzählt, eine vom Campingplatz ist beim Wandern in den Büschen verschwunden. Als sie dann wieder zurück auf den Feldweg wollte, ist sie an der Böschung abgerutscht und direkt auf Patrick drauf.«

»Der Arme. Ist ihm was passiert?«

»Nee, ich glaube nicht. Alle Briefe lagen auf dem Weg verstreut, aber das Rad ist wohl heile geblieben. Und Patrick, der ist ja zart besaitet, hat irgendwo eine kleine Wunde gehabt. Dem ist erst mal der Kreislauf abgeschmiert. Wenn ich bei jedem Wehwehchen gleich so einen Aufstand machen würde, Mann, Mann.«

Beide lachten. Jan war es auch schon oft so ergangen, dass er erst abends bemerkte, dass er sich beim Arbeiten auf der Weide irgendwo verletzt hatte.

»Der Frau ist auch nichts passiert. Ich glaub, das war die Neue vom Platz, die wohnt noch nicht lange dort.«

Jan horchte auf.

37

*J*n den letzten Tagen hatte Jan viel über das Gutachten nachgedacht. Das Thema ging ihm nicht
mehr aus dem Kopf. Den Investor hatte er noch nicht
informiert, obwohl er das längst hätte erledigen müssen.
Erst wollte er einen Plan entwickeln, wie er das Gespräch am besten gestaltete, sodass der Investor nicht
abspringen würde. Jan bereitete entscheidende Termine
gerne sorgfältig vor.

Im Moment fiel es ihm schwer, sich darauf zu
konzentrieren, weil er immer wieder an das Gutachten
dachte. Und an die Geschichte mit dem Studenten,
obwohl er sich nicht sicher war, ob die beiden Dinge
etwas miteinander zu tun hatten. Und wenn ja, was?

Erneut versuchte Jan den Gutachter anzurufen – leider erfolglos. Als Nächstes dachte er darüber nach, ob er
im Labor, das die Bodenproben analysiert hatte, nachfragen sollte. Dort würde er am Freitagnachmittag niemanden mehr erreichen, am Montag könnte er es probieren.

In Jan breitete sich mehr und mehr ein Gefühl von
Misstrauen aus. Dieses Gefühl hatte ihn noch nie
getrogen. Er musste unwillkürlich an die Geschichte mit
den Futterlieferungen für die Hühner denken. Das war
vor ein paar Jahren. Seine Frau hatte damals noch
gelebt, schoss es Jan durch den Kopf. Er hatte lange Zeit
das Gefühl gehabt, dass der Lieferant ihn betrog.
Stefanie hatte ihn versucht zu beruhigen und gesagt:
›Der doch nicht, Jan, der beliefert hier in der Gegend

sämtliche Höfe, das kann er sich gar nicht leisten‹. Bis Jan eines Tages die gelieferte Ware abgewogen hatte und leider Recht behielt. Das Futter bekam er in kleinen Plastiktonnen. Die Eimer enthielten viel weniger Kilogramm Futter, als auf dem Lieferschein eingetragen war. Jan hatte noch eine Lieferung abgewartet und sie ebenfalls kontrolliert. Daraufhin hatte er den Lieferanten zur Rede gestellt.

Zurzeit hatte er ein ähnlich ungutes Gefühl, das er allerdings nicht genau an irgendetwas festmachen konnte. Schließlich galt es bei dieser Thematik nicht einfach ein paar Tonnen abzuwiegen und die Sache wäre klar.

Jan beschloss der Sache auf andere Art und Weise auf den Grund zu gehen. Ohne konkreten Plan machte er sich auf den Weg zu Lisa. Er wollte mit ihr reden und sehen, ob ihm das vielleicht neue Erkenntnisse brachte. Sein Gefühl, dass er Lisa endlich wiedersehen wollte, gestand er sich nicht ein.

***

Zum Glück saß Lisa auf der Terrasse vor ihrem Laptop. Diesmal brauchte Jan sie nicht suchen und kam gar nicht erst in die Versuchung herumzuschnüffeln. Trotz der Erkenntnisse, die Jan aus der letzten Aktion gewonnen hatte, plagte ihn immer noch sein schlechtes Gewissen. Heute lagen keine Papiere oder Bücher auf dem Tisch.

Lisa sah ihn überrascht an.

»Hallo.«

»Hallo«, erwiderte Lisa.

»Schön, dass ich dich antreffe.«

»Beim letzten Mal hat es dich anscheinend nicht gestört, dass ich nicht da war.« Lisa ging gleich auf Konfrontation.

»Ich hab lange gewartet, ob du auftauchst, aber es war weit und breit nichts von dir zu sehen.«

»Ich kann ja nicht ahnen, dass Herr Tappe persönlich sich herbemüht, um meinen Bademantel zurückzubringen.«

»Du hast ihn also gefunden?«

»Ja, hab ich«, sagte Lisa in ruhigerem Ton.

Beide schwiegen.

Lisa verkniff sich eine bissige Bemerkung. Auf der Zunge lag ihr der Satz, dass er den Bademantel ja auch hätte behalten können, vielleicht könnte seine Neue ihn gebrauchen. Lisas Stolz ließ es aber nicht zu, das Thema anzusprechen.

»Übrigens, noch mal vielen Dank für die Rettung aus dem See.«

Jan sah Lisa erstaunt an.

»Oh, keine Ursache. Dir geht es wieder gut?«

»Ja, alles in Ordnung, zum Glück hab ich nicht mal eine Erkältung bekommen. Aber ich glaube, das Leben hier draußen härtet auch ein bisschen ab.«

Jetzt lächelte Lisa ihn sogar an.

»Das kann sein«, erwiderte Jan.

Er war unsicher, wie er das Thema mit dem Studenten ansprechen sollte.

»Arbeitest du?«, fragte er vorsichtig.

»Nein. Oder vielleicht doch, wie man es nimmt. Ich entwerfe ein Plakat gegen den Verkauf des Grundstücks. Also gegen den Verkauf deines Grundstücks. Es stand ja dick und fett in der Zeitung, dass das Gutachten positiv ausgefallen ist. Trotzdem machen wir uns Sorgen, dass das hier vielleicht doch Bauland wird. Darum haben wir beschlossen, ein paar Plakate aufzuhängen.«

»Darf ich mal sehen?«

Zur Antwort drehte Lisa den Laptop zu Jan herum und zeigte ihm ihre Entwürfe. Auf einem stand in dicker roter Schrift *Luchs-Camp muss bleiben – wir lassen uns hier nicht vertreiben!*.

»Interessant«, entfuhr es Jan.

»Findest du? Wir wollen in Lengburg Plakate aufhängen. Haben wir gestern beschlossen. Noch mal eine Demo zu organisieren bringt wohl nichts.«

Es waren allerdings nicht die Plakatentwürfe, die Jan interessant fand.

»Du kannst ja Photoshop?«, fragte Jan erstaunt.

»Ja. Kennst du das Programm?«

»Nicht direkt, aber meine Tochter macht eine Ausbildung zur Mediengestalterin und sie liebt das Programm. Sie hat einige Fotos von mir und Lexa so bearbeitet, dass es total real aussieht.«

»Sowas kann man auch damit machen.«

»Rike hat zum Beispiel ein Foto von der Hündin genommen und Katzen drum herum platziert, die sich an sie kuscheln. Lexa hasst Katzen. War sehr witzig.«

»Sowas mache ich nicht!«

Jan fiel der gespielt lässige Ton in Lisas Stimme auf, auch der Unterton in ihrer Aussage entging ihm nicht. Er hatte sie gar nicht angegriffen, aber ihr Satz klang wie eine Verteidigung. Unaufgefordert nahm Jan auf dem Stuhl gegenüber von Lisa Platz.

Er beschloss zum Angriff überzugehen.

»An dem Tag, an dem ich deinen Bademantel zurückgebracht habe, lagen hier überall geologische Fachbücher herum. Studierst du wieder?«

Lisa sah ihn erst überrascht, dann ängstlich an und wich schließlich seinem Blick aus.

»Möchtest du vielleicht einen Kaffee?«

»Nein, danke, ich möchte keinen Kaffee!«

Lisa rutschte nervös auf ihrem Stuhl hin und her.

»Tee vielleicht?«, versuchte Lisa erneut abzulenken.

»Nein, Lisa, ich will eigentlich nur wissen, ob das, was ich denke, richtig ist.«

Jan fixierte Lisa mit seinem Blick. Eine leichte Röte legte sich auf ihre Wangen. *Lügen konnte sie noch nie gut*, dachte Jan.

»Was meinst du denn?«, fragte Lisa in gespielt unschuldigem Ton.

»Du weißt ganz genau, was ich meine?«

»Nö«, erwiderte Lisa trotzig.

»Gut, dann sage ich dir, was ich denke. Ich denke, dass du für Studenten Masterarbeiten schreibst, *under cover* sozusagen, und eine Menge Geld damit verdienst.«

»So viel Geld gibt's dafür gar nicht«, rutschte es Lisa heraus, die ihn daraufhin anfuhr: »Was ist das denn für eine bescheuerte Idee?«

»Ich hab dich gesehen mit dem jungen Mann im Café in der Stadt.«

»Spionierst du mir nach?«

»Nein, ich war zufällig dort«, log Jan, ohne rot zu werden. Er wollte nicht zugeben, dass er in ihrem Computer rumgeschnüffelt hatte.

»Aha! Und was hast du gesehen?«

»Genug. Vor allem gehört, nachdem du weg warst, Lisa. Gib es einfach zu.«

Lisa fiel darauf anscheinend keine Antwort ein. Jan erkannte ein leichtes Nicken.

»Zeigst du mich jetzt an?«, fragte Lisa.

»Quatsch.«

Lisa atmete hörbar aus.

»Machst du das schon lange?«

»Ja.«

Lisa dachte wohl, das wäre eine ausreichende Antwort, aber Jan sah sie fragend an.

»Es hat sich so ergeben. Damals, direkt nachdem ich das Studium abgebrochen habe, hat mich eine Bekannte gefragt, ob ich ihrem Sohn bei der Masterarbeit helfen könnte. Ich hab zugesagt. Na ja, und aus dem *helfen* wurde bald ein *es geht schneller, wenn ich selber schreibe*.«

Lisa lachte.

»Der war aber auch total ungeeignet für das Studium. Ich glaube, der hat hinterher nie als Geologe gearbeitet. Na, auf jeden Fall, der Student hat alles, was ich geschrieben hatte, in seinen eigenen Worten neu formuliert und die Arbeit abgegeben.«

»Und dann hast du angefangen, Masterarbeiten zu fälschen?«

»Nicht direkt, aber die Arbeit, die ja eigentlich ich geschrieben hatte, erhielt eine sehr gute Note. Das hat mich natürlich gefreut. Sie haben daraufhin das Doppelte bezahlt, was ursprünglich vereinbart war. Der Sohn meiner Bekannten hat mich ein halbes Jahr später weiterempfohlen. Alles lief wieder wie geschmiert. Dann bekam ich Bedenken, dass das mal auffliegen könnte. Ich hab im Internet recherchiert und so getan, als ob ich jemanden suchte, der für mich eine Arbeit schreibt. Ich mache es kurz, dabei bin auf eine Agentur gestoßen, die sich auf sowas spezialisiert hat. Von der bekomme ich seitdem meine Aufträge. Normalerweise bekommt man das Geld von der Agentur auf ein Pay Pal-Konto. Nur diesmal wollte der Kunde das nicht. Er wollte unbedingt in bar bezahlen, darum hab ich mich mit ihm im Café getroffen.«

Jan konnte nicht verhindern, dass ein Gefühl von Bewunderung in ihm aufstieg, obwohl das, was Lisa ihm soeben erzählt hatte, illegal war.

»Jetzt nehme ich doch einen Kaffee«, sagte Jan.

Lisa verschwand in Richtung Küche. Eigentlich wollte Jan keinen Kaffee, er brauchte nur ein paar Minuten Zeit, um seine Gedanken zu ordnen.

Lisa kam mit dem Kaffee zurück. Bevor sie die beiden Tassen abstellte, fragte sie: »Du bist Witwer?«

Damit hatte Jan nicht gerechnet. Er war im ersten Moment perplex.

»Ja, wieso?«

Lisa sah in ihre Tasse, als ob die Antwort in dem schwarzen Kaffee stünde.

»Ich dachte, du wärst verheiratet.«

Jan schossen mehrere Gedanken gleichzeitig durch den Kopf. Wenn Lisa die ganze Zeit gedacht hatte, dass er verheiratet war ...

»Meine Frau ist vor zwei Jahren gestorben.«

Jan wandte traurig seinen Blick ab.

»Ich wusste halt nichts davon. Patrick hat mir das letzte Woche erst erzählt.«

»Da wir gerade bei dem Thema sind, Lisa. Also, beim Postboten meine ich. Ich hab gehört, ihr beide hattet einen Unfall auf dem Feldweg?«

»Wer hat dir das denn erzählt?«

»Mein Nachbar, der hat es von der Frau mit dem großen Hund. Und ihr hat es Patrick selber erzählt. Er hat wohl mächtig angegeben damit, dass er eine riesengroße Wunde am Arm hatte.«

»Das war nur ein Kratzer.«

Jan sah Lisa direkt in die Augen und machte durch seinen Blick deutlich, dass das nicht das war, was er hören wollte.

»Du, ich war wandern und bin dann vom Gebüsch ... weißt schon ... wieder auf den Feldweg zurück. Dabei bin ich an dem rutschigen Abhang runter gepurzelt, und genau in dem Moment fuhr Patrick da lang. War echt ein komischer Zufall.«

»Wirklich komisch, ja.«

Lisa sah Jan fragend an.

»Etwas viel Zufall, oder?«, fragte Jan.

Lisa antwortete nicht.

»Ob das auch Zufall war, dass mein Gutachten viel später bei mir im Briefkasten lag als angekündigt?«, setzte Jan nach.

Lisa sah zur Seite, als ob es dort etwas Wichtiges zu entdecken gäbe.

»Was hat denn dein Gutachten mit dem Unfall zu tun?«, verteidigte Lisa sich dünn.

»Sag du es mir?«

Wieder antwortete sie nicht.

»Lisa, ich weiß genau, was man mit diesem Photoshop alles anstellen kann. Hast du das Gutachten gefälscht?«

Lisa sprang vom Stuhl auf und schrie: »Was fällt dir ein? Erst wirfst du mir vor, ich würde Masterarbeiten fälschen und jetzt soll ich auch noch dieses Gutachten gefälscht haben? Klar, wer eins fälscht, der fälscht auch das andere. Einmal Fälscherin, immer Fälscherin. Klar, dass du das denkst, das war ja so …«

»Lisa, beruhige dich …«, versuchte Jan sie zu stoppen.

»Ich soll mich beruhigen? Du bist hier derjenige, der mir meine Existenz kaputt macht. Ich verkaufe nicht den Grund und Boden, auf dem dein Haus steht. Wer im Glashaus sitzt, sollte nicht mit Steinen werfen. Schon mal was davon gehört?«

»Das was ich mache, ist legal. Das ist ein kleiner, aber entscheidender Unterschied.«

»Ja, klar. Weil das legal ist, ist es in Ordnung, den Leuten hier die Existenz wegzunehmen?«

»Nein, das sage ich ja gar nicht.«

Beide schwiegen. Das Gespräch war an einem Tiefpunkt angekommen.

»Ich will jetzt alleine sein«, sagte Lisa resigniert.

Für Jan war das Gespräch noch nicht beendet, er trat von einem Fuß auf den anderen und wandte sich zum Gehen. Im letzten Moment drehte er sich noch einmal zu Lisa um: »Wenn du schon das Gutachten fälschst, dann hättest du auch das Exemplar, das an den Investor gesendet wurde, fälschen müssen.«

38

L isa war fassungslos. Der letzte Satz von Jan hallte in ihrem Kopf nach. Ein Exemplar an den Investor. Konnte das sein? Hatte der Investor Schnoor das Gutachten ebenfalls bekommen? Das hätte Volker ihr doch gesagt, oder? Der Gutachter hatte nur von Jan als Auftraggeber gesprochen, da war Lisa sich sicher. Sie überlegte, was Volker im Restaurant gesagt hatte, war sich aber sicher, dass er immer nur vom Bauer Tappe gesprochen hatte. Aber hätte er es erwähnt, wenn der Investor eine Kopie bekommen sollte? Volker konnte nicht wissen, dass dieser Punkt für Lisa wichtig war.

Obwohl sie sich nicht viel davon versprach, wählte Lisa Volkers Mobilnummer. Kein Anschluss, genau wie Volker es angekündigt hatte. Lisa versuchte es auf der Festnetznummer des Büros, ebenfalls erfolglos.

»So ein Mist«, fluchte Lisa.

Wenn der Investor auch ein Exemplar des Gutachtens erhalten hatte, wäre alles umsonst gewesen. Der Überfall auf den Briefträger und das Erstellen der Fälschung. *Überhaupt alles*, dachte Lisa bitter. *Aber wenn Herr Schnoor ein Exemplar bekommen hätte, dann das richtige Gutachten, in dem stand, dass es keinen kontaminierten Boden gibt*, schoss es Lisa durch den Kopf. Ob der Investor bereits mit Jan gesprochen hatte? Woher sollte Jan sonst von der Fälschung wissen? Nur wegen ihres Unfalls mit dem Postboten und weil er vorhin zufällig gesehen hatte, dass sie Photoshop beherrschte?

Die Tatsachen waren doch viel zu dünn, um derartige Vermutungen anzustellen. Oder?

Lisa konnte keinen klaren Gedanken fassen. Sollte sie zum *Buchmobil* gehen und die anderen fragen? Lieber nicht. Vorerst wollte sie das mit der Fälschung noch für sich behalten. Seit ihrer Rede beim Bürgermeister war ihr Ansehen enorm gestiegen im Luchs-Camp. Wie die anderen Platzbewohner allerdings auf ein gefälschtes Gutachten reagieren würden, da war Lisa sich nicht sicher.

Von Tag zu Tag schwand die Hoffnung, dass sie mit ihrem Mobilheim auf dem Platz bleiben könnte. Ihre Gedanken kreisten um das Gutachten, das beim Investor liegen könnte. Oder auch nicht. Auf jeden Fall wäre es besser, wenn sie darüber Klarheit hätte. Letztendlich wäre es ein Beweis dafür, dass das andere Dokument, das Jan bekommen hatte, eine Fälschung war. *Sicher ist sicher*, dachte Lisa und arbeitete im Kopf bereits die nächste spezielle Idee aus. Obwohl die Durchführung sich bestimmt schwierig gestalten würde ...

39

S chade, dass du nicht die ganze Nacht bleiben kannst«, sagte Paul und sah die Frau neben ihm durchdringend mit seinen blauen Augen an.

Saskia drückte ihn fest an sich und flüsterte: »Es gibt nichts, was ich lieber täte.«

»Dann bleib einfach hier.«

»Nein, das geht nicht. Du weißt doch … mein Mann … er kommt spätestens …«

Paul wollte nichts von ihrem Mann hören und schloss ihren Mund mit einem langen Kuss. Leider führte der Kuss nicht zum erhofften Erfolg, dass sie noch länger blieb.

Saskia stand auf und begann sich anzuziehen. Er sah ihr dabei zu und lächelte sie an.

»Es war wieder toll mit dir.«

Sie lächelte nur zurück.

»Wann sehen wir uns wieder?«

»Bald.«

Das antwortete sie immer. Dann wartete er tagelang vergebens, bis Saskia spontan anrief, um mitzuteilen, dass sie jetzt gleich Zeit habe. Ihm passte das nicht, aber andererseits machte diese Spontanität ihre Treffen besonders.

Zum Abschied nahm er sie vor dem Wohnwagen in den Arm. Seine Hand glitt bis zu ihrem Rocksaum. Er küsste sie noch einmal leidenschaftlich, dann erst ließ er sie gehen. Ungern. Bis zum nächsten Mal.

$\mathcal{N}$ach ein paar Stunden Schlaf war Lisa sofort wieder hellwach. Sie kam innerlich nicht zur Ruhe. Sofort dachte Lisa wieder an das Gutachten, das beim Investor Schnoor liegen könnte. Sie stand auf und setzte sich mit einer angebrochenen Tüte Salzstangen auf die Terrasse. Die Ruhe, die sich nachts über den Platz legte, half Lisa sich zu entspannen. Doch dann hörte sie ein Geräusch und beobachtete, wie die Tür von Pauls Wohnwagen aufging. Eine Frau kam heraus.

Trotz der hohen Temperaturen in dieser lauen Sommernacht trug die Frau einen Pulli mit Kapuze. Heute bei Vollmond war es ein wenig kühler als in den Nächten zuvor, aber einen Pullover brauchte man nicht. *Komisch*, dachte Lisa, *sieht aus, als ob die nicht erkannt werden will.* Paul tat sonst nicht so geheimnisvoll mit seinen Liebschaften. Lisa hatte immer das Gefühl, dass Paul es sogar toll fand, wenn die anderen Camper die Frauen sahen, die ihn besuchten. Zugegeben, die meisten waren ausgesprochen hübsch.

Doch diese Frau fiel auf. Hatte sie etwas zu verbergen? Aber was?

Lisas Neugierde wurde sofort befriedigt. Paul verabschiedete sich stürmisch von seiner Liebschaft und dabei glitt ihr die Kapuze vom Kopf. Die Frau sah sich hektisch um. Für den Bruchteil einer Sekunde sah Lisa ihr Gesicht, bevor sie die Kapuze wieder ins Gesicht zog. Dann ging die Frau nicht zum Haupteingang, sondern spazierte auf den Hinterausgang des Platzes zu. Sie musste ihr Auto am Waldrand geparkt haben. Lisa zählte eins und eins zusammen.

Sie ließ Paul ein paar Minuten Zeit, sie wollte ihn nicht gleich überfallen. Aber jetzt konnte sie es nicht mehr abwarten und klopfte an Pauls Tür.

Freudestrahlend öffnete Paul und sah Lisa enttäuscht an. Er hatte anscheinend gehofft, dass seine Liebhaberin zurückgekommen wäre. Schnell fing er sich und bat Lisa herein.

»Kannst du nicht schlafen?«

»Ja. Vielleicht weil Vollmond ist. Ich hab gesehen, dass bei dir Licht brennt.«

»Einen Moment, Lisa, ich bin gleich bei dir«, sagte Paul und verschwand im Bad.

Lisa sah sich im Wohnwagen um, das Bett war zerwühlt und es hing ein leichter Geruch von Moschus in der Luft. Lächelnd dachte Lisa: *Noch mal so jung sein, wäre auch nicht schlecht!* Aber zurzeit gab es andere Sorgen als ihr nicht vorhandenes Liebesleben.

Paul kam aus dem Bad zurück und zog ein T-Shirt über.

»Magst du ein Bier?«

Da sagte Lisa nicht nein.

»Wollen wir nach draußen? Hier muss ich erst aufräumen.«

»Ja, gerne.«

»Toll, dass es endlich wärmer ist«, sagte Paul, während er die Laterne anzündete, die vor der Couch stand.

Paul besaß keine Outdoormöbel. Vor dem Wohnwagen stand eine Wohnzimmercouch. Sie war bei einem

Umzug von einem Kommilitonen übriggeblieben und sollte eigentlich nur eine Übergangslösung sein, die nun aber schon lange andauerte. Bei Regen deckte Paul sie mit einer Plane ab.

»Ja, war schließlich lange genug kalt. Aber sag mal, dein Besuch läuft trotzdem wie ein Eskimo rum?«

Paul sah Lisa entsetzt an.

»Hast du sie gesehen?«

»Ja, hab ich.«

Paul überlegte ein paar Sekunden lang.

»Ach, ist doch egal. Du hast sie bestimmt erkannt, oder?«

»Hab ich.«

»Na ja, sie ist halt verheiratet und möchte nicht, dass es rauskommt. Die ersten Male haben wir uns im Hotel getroffen, aber das gefiel mir nicht. Ich will auch nicht, dass sie dann immer die Rechnung bezahlt.«

Lisa lächelte Paul an.

»Du, mir ist das schnuppe, wer mit wem und verheiratet oder nicht, muss jeder selber wissen.«

»Ihr Mann ist ein richtiger Tyrann, sag ich dir.«

»Warum bleibt sie dann bei ihm?«

»Das verstehe ich auch nicht.« Paul blickte traurig auf den Boden.

Lisa rutschte auf die Kante der Couch, um Paul in die Augen sehen zu können.

»Nein«, sagte sie überrascht.

»Was?«, fragte Paul.

»Es hat dich erwischt!«, stellte Lisa amüsiert fest.

»Ach, Quatsch.«

»Doch, sehe ich dir doch an. Herr Casanova ist verliebt«, freute sich Lisa.

»Na ja, ein bisschen vielleicht.«

»Mhm.«

»Aber du erzählst es niemandem, ja?«

»Hallo? Für wen hältst du mich?«

»Sorry, ich wollte nur sicher sein.«

»Kannst du auch ein Geheimnis für dich behalten?«, fragte Lisa.

Paul sah sie überrascht an.

»Echt, wer ist es denn?«

»Nein, nein, das meine ich nicht.«

»Ach so, dann muss die Frage wohl lauten: Was ist es denn? Raus mit der Sprache.«

Einen Moment zögerte Lisa noch, aber sie musste unbedingt mit jemandem über die letzten Ereignisse sprechen. Sie erzählte Paul alles, vom Überfall auf den Postboten bis hin zur Fälschung des Gutachtens und dass Jan ihr auf die Schliche gekommen war. Von ihren gefälschten Masterarbeiten erzählte sie vorsichtshalber nichts.

»Wow«, machte Paul. »Das hätte ich dir ehrlich gesagt nicht zugetraut.«

»Stille Wasser sind tief«, erwiderte Lisa, »doof ist nur ...«

Pauls Smartphone klingelte.

»Sorry, ist wichtig.« Paul grinste.

Lisa lächelte ihn verständnisvoll an und Paul verschwand im Wohnwagen.

Nach dem Telefonat kam er freudestrahlend zurück.

»Gute Nachrichten?«, fragte Lisa.

»Ja. Aber du wolltest vorhin noch was sagen?«

»Ach so. Ja, mit diesem zweiten Gutachten. Das ist richtig doof, dass ich nicht weiß, ob der Investor auch eines bekommen hat.«

Paul sah Lisa nachdenklich an.

»Kannst du die Frau Schnoor nicht mal fragen, wo du doch jetzt quasi an der Quelle sitzt?«, fragte Lisa vorsichtig.

»Nein, das geht nicht. Saskia will mit der Campingplatzgeschichte nichts zu tun haben, das hat sie direkt am Anfang klar gestellt, als wir uns kennengelernt haben. Kann ich auch gut verstehen, dass sie sich da nicht mit reinziehen lässt. In dem Punkt muss sie loyal ihrem Mann gegenüber bleiben.«

»Schade, wäre auch zu einfach gewesen.«

»Sie arbeitet aber ab und zu mal ein paar Stunden dort. Nur ein bisschen Schreibkram und so. Eigentlich hat Saskia keine Lust zum Arbeiten.« Paul grinste süffisant.

»Aha, wer sich's leisten kann.«

»Aber sie hat einen Schlüssel zum Büro …«

Lisa war sich nicht sicher, ob sie Paul richtig verstanden hatte.

»Du meinst …?«

»Klar, den könnte ich dir besorgen. So ziehe ich Saskia da nicht mit rein und kann dir trotzdem helfen.«

»Aber ich kann doch nicht einfach so dort einbrechen!«

»Ist das ein Einbruch, wenn man einen Schlüssel hat?«

Lisa kämpfte mit dem dringenden Wunsch, wissen zu wollen, ob der Investor ebenfalls ein Gutachten bekommen hatte, und einem schlechten Gewissen, falls sie Pauls Vorschlag annähme. Ersteres siegte. Schließlich ging es um ihre Zukunft.

»Wann seht ihr euch denn wieder?«

Paul strahlte über das ganze Gesicht.

»Morgen schon. Deshalb hat Saskia gerade angerufen. Ihr Mann bleibt länger als geplant auf Geschäftsreise und kommt erst morgen am späten Abend wieder. Wir haben praktisch den ganzen Tag für uns.«

»Super.«

»Wir treffen uns hier ... du weißt schon ... und danach wollen wir an den großen See fahren. Der liegt ja eine Autostunde von hier weg, da kennt uns bestimmt keiner.«

»Meinst du, das könnte morgen klappen mit dem Schlüssel?«

»Ich geb mein Bestes«, versicherte Paul, »schließlich weiß ich, wie ich sie ablenken kann.«

Daran zweifelte Lisa nicht.

41

Nach der nächtlichen Unterhaltung mit Paul hatte Lisa noch ein paar Stunden geschlafen. Jetzt frühstückte sie ausgiebig auf ihrer Terrasse und wartete gespannt. Mit Paul hatte sie keine feste Uhrzeit verabredet, wann er ihr den Schlüssel vorbei bringen wollte, falls alles wie geplant klappen sollte.

Lisa durchsuchte schon zum dritten Mal die Pflanzen auf der Terrasse nach gelben Blättern, obwohl sie schon beim zweiten Mal keine mehr gefunden hatte. Vor über einer Stunde hatte Lisa gesehen, wie die Frau vom Investor in den Wohnwagen von Paul geschlichen war. Lisa hasste Warten. Sie versuchte sich mit dem Lesen der Tageszeitung abzulenken, konnte sich aber nicht konzentrieren. Und jedes Mal beim Hochhalten der Zeitung fragte sie sich, ob sie ein Loch hineinschneiden sollte, damit sie sehen konnte, wann die beiden aus dem Wohnwagen kamen. So á la Miss Marple, musste aber selber über diese Idee lachen.

Endlich wurde ihr Warten belohnt. Paul kam zu ihr herüber. Die Frau stand wieder, trotz des warmen Wetters, dick in ihren Pulli mit Kapuze eingemummelt und drehte Lisa den Rücken zu.

Paul drückte Lisa unauffällig einen Schlüssel in die Hand.

»Sei bloß vorsichtig. Samstagabends ist dort normalerweise niemand. Pass bitte trotzdem auf«, flüsterte Paul.

»Ja, mache ich«, versicherte Lisa, »viel Spaß am See.«

Paul lächelte Lisa an und verschwand mit Frau Schnoor in Richtung Hinterausgang.

42

*A*m Nachmittag ging Lisa zum See. Sie wollte ein paar Bahnen schwimmen und sich danach auf der Wiese entspannen. Die Sonne strahlte vom Himmel herab. In der letzten Zeit war Lisa regelmäßig schwimmen und hatte ihre Kondition verbessert.

Ihr Vorhaben mit dem Schlüssel, den sie von Paul bekommen hatte, wollte sie frühestens am Abend umsetzen. Bis dahin blieb noch genug Zeit, um zu überlegen, wie sie am besten vorgehen könnte. Die Adresse des Büros vom Investor Schnoor hatte sie recherchiert. Bei Google hatte sie gesehen, dass das Büro mitten in einem Industriegebiet lag. Ein klarer Vorteil für Lisa. Die Gefahr, dass ihr dort am Wochenende jemand begegnen würde, schätzte sie gleich null.

Nach dem Schwimmen saß Lisa entspannt im Halbschatten unter einem der alten Bäume, die am See standen. Das Wasser flimmerte in der Sonne. Lisa genoss den Anblick. Dann legte sie sich hin und schloss die Augen.

»Du bist eine gemeine Fälscherin!«

»Wer fälscht, der lügt auch.«

»Pfui.«

»Was an der wohl noch alles falsch ist?«

»Der Teufel soll sie holen.«

Lisa bekam Angst, als sie das hörte und sah sich hilfesuchend um. Viele Menschen standen um sie herum und beschuldigten sie. Irgendetwas traf Lisa im Gesicht. Sie meinte, aus dem Augenwinkel eine Tomate gesehen zu haben, und wollte sich mit den Händen ins Gesicht fassen. Doch sie konnte sich nicht bewegen. Panisch versuchte sie ihre Hände frei zu bekommen, merkte aber, dass sie an einen Pfahl angebunden war. Lisa sah sich erneut um. Sie stand auf dem Rathausplatz in Lengburg. Wie war sie dort hingekommen?

»Verbrennt die Betrügerin!«, hörte Lisa einen Ruf aus der Menge.

»Ja, Hexe.«

Lisa sah ein paar Männer, die vor ihr Reisig streuten und einer stand mit einer Fackel in der Hand am Rand. Die Fackel brannte lichterloh und der Mann senkte sie in das Reisig. Lisa versuchte zu schreien, bekam aber keinen Ton heraus.

»Lisa!«

Jemand fasste sie am Arm. Sie versuchte, um sich zu schlagen. Im selben Moment stach ihr gleißendes Sonnenlicht in die Augen.

Greta stand neben ihr und lachte.

»Ich will gar nicht wissen, was du geträumt hast.«

Lisa brauchte eine Weile, um sich zu orientieren.

»Greta.«

»Komm man erst mal wieder in der Realität an.«

»Puh, so ein Mist! Was hab ich denn da geträumt?«

»Keine Ahnung, ein schöner Traum war es bestimmt nicht«, stellte Greta fest.

»Hab ich was gesagt?«, fragte Lisa verwirrt.

»Ja. Aber ich hab nichts verstanden. Es war eher ein Gemurmel, wurde aber lauter und ich dachte, ich weck dich mal lieber.«

Lisa fiel ein Stein vom Herzen.

»Das hast du gut gemacht, danke, Greta.«

Mit beiden Händen rieb Lisa sich den Schlaf auf den Augen und brauchte einen Moment, um im Hier und Jetzt anzukommen.

»Hast du die Plakate fertig?«, fragte Greta.

»Ich brauche nicht mehr lange. Paul hat wieder eine tolle Idee für einen Spruch gehabt, aber die verrate ich noch nicht.«

»Nun, das ist noch nicht geklärt, ob wir die überhaupt aufhängen dürfen«, sagte Greta.

»Wieso das denn?«

»Man kann nicht einfach so Plakate in Lengburg aufhängen – das dürfen nicht mal die Parteien vor der Wahl. Wildes Plakatieren ist verboten. Da gibt es Vorschriften, ab wann Plakate hängen dürfen und bis wann sie spätestens wieder abgenommen werden müssen.«

»Ach, echt?«

Darüber hatte Lisa noch nie nachgedacht, aber sie wollte bislang auch noch nie Plakate aufhängen.

»Aber auf dem Campingplatz dürfen wir sie doch aufhängen?«, fragte Lisa.

»Ja. Das heißt, auf deinem eigenen Stellplatz, da kannst du so viel plakatieren, wie du möchtest. Der gesamte Platz ist schon wieder ein anderes Thema. Aber ich hab mit Luchs Junior gesprochen. Am Eingang, an der Wand, wo die Veranstaltungstipps hängen, da dürfen wir auf jeden Fall eines hinhängen.«

»Ganz schön kompliziert.«

»Kannst du wohl sagen. Von wegen Demokratie«, Greta lachte. »Du hättest mal den im Rathaus hören sollen, ich hatte das Gefühl, der bekommt gleich einen Herzinfarkt. ›Wie, Sie wollen Plakate aufhängen?‹. Und: ›Hier in Lengburg?‹. Darauf hab ich dann geantwortet, nein, wir wollen in Anbrück Plakate aufhängen, deshalb rufe ich auch im Rathaus von Lengburg an.«

Beide lachten.

»Der hat aber den Witz nicht verstanden. Weißt du, was er geantwortet hat?«

»Nee, sag schon.«

»Todernst sagt er ›Wenn Sie in Anbrück Plakate aufhängen wollen, müssen sie auch in Anbrück im Rathaus anrufen. Dafür sind wir nicht zuständig‹.«

»Der Ärmste, der hat dich wohl nicht verstanden. Verstehe ich gar nicht«, scherzte Lisa.

»Es hat eine Weile gedauert, bis ich den wieder in der richtigen Spur hatte.«

»Und wann entscheidet sich das?«

»Das weiß ich nicht. Die im Rathaus können nach ihren Richtlinien bestimmen, wo man welche Plakate aufhängen darf und ob überhaupt.«

»Mhm, dann können wir nur abwarten.«

»Ich mache mir ehrlich gesagt nicht viel Hoffnung, dass wir hierbleiben können«, meinte Greta.

»Ja. Leider könntest du Recht haben.«

»Ich möchte zu gerne wissen, ob der Investor bereits weiß, dass das hier alles verseucht ist? In der Presse steht gar nichts mehr über die ganze Sache und beim Bäcker in Lengburg hab ich schon nachgefragt.«

»Beim Bäcker?«, fragte Lisa.

»In der Bäckerei an der Ecke vor der Kirche, da ist sozusagen die Klatschbörse von Lengburg. Alles was passiert, wissen die als erstes. Das war immer schon so, obwohl niemand weiß warum. Es gibt schließlich noch mehr Bäckereien in der Stadt. Aber selbst dort gibt es nicht mal irgendwelche Gerüchte.«

»Vielleicht ist der Investor nicht in der Stadt und hat andere wichtige Sachen zu tun«, rutschte es Lisa heraus.

»Kann sein. Ich würde aber gerne wissen, woran ich bin.«

»Ich auch.«

Lisa sah auf ihre Armbanduhr, die neben ihr auf dem Handtuch lag.

»Greta, ich geh mal duschen.«

Lisa musste sich beeilen, es war viel später, als sie dachte. Nach dem Schwimmen war sie sofort eingeschlafen. Eigentlich wollte sie sich ja noch einen genauen Plan zurechtlegen. Lisa seufzte: *Diesmal dann eben ohne Planungsphase.*

43

*N*ach dem Duschen fühlte Lisa sich viel besser. An den Alptraum dachte sie nicht mehr. Lisa sah aus dem Fenster, die Sonne hatte sich hinter die Wolken zurückgezogen. Gleich wollte sie aufbrechen, aber vorher musste sie unbedingt noch etwas essen. *Wer weiß wie lange das dauert,* dachte Lisa und inspizierte den Kühlschrank.

Nachdem sie genug gegessen hatte, schloss Lisa den Reißverschluss ihres Kapuzenpullis. Am Wochenende reisten die Camper an, die nicht ständig hier lebten und über den Platz breitete sich eine entspannte Grillatmosphäre aus. Alle saßen draußen und Lisa hörte, wie zwei Bierflaschen geöffnet wurden, *plopp, plopp.* Greta und Hannes hatten sie zum Grillen eingeladen. Leider musste Lisa absagen. Es gab Wichtigeres zu tun. Sie stieg auf ihr Fahrrad und fuhr los. Lisa hatte lange überlegt, ob sie besser mit dem Auto fahren sollte, war aber zu dem Ergebnis gekommen, dass das Rad weniger auffallen würde. Auf den Satellitenaufnahmen im Internet hatte sie hinter dem Gebäude einen Parkplatz gesehen, der von der Straße aus nicht einsehbar war. Dort wollte sie das Rad an der Hauswand abstellen.

***

Als Lisa auf dem Parkplatz ankam, raste ihr Puls wie ein D-Zug. Sie musste sich erst beruhigen. *Vielleicht ist das auch eine ganz dumme Idee,* schoss es ihr durch den

Kopf. Besann sich aber eines Besseren, zog die Kapuze ihres Pullovers tief ins Gesicht und schlich an der Wand entlang zum Eingang. Nachdem sie mit dem Rad in das Industriegebiet abgebogen war, war ihr niemand entgegengekommen. Lisa hatte eine Weile die Fenster beobachtet, es war kein Licht zu sehen. Sie war hier menschenseelenallein. *Dann mal los, Frau Frey*, redete Lisa sich Mut zu. *Schlüssel in das Schloss, aufschließen, Tür geht auf, rein – super.* In ganzen Sätzen konnte Lisa in diesem Moment nicht mehr denken. Sie tastete sich durch das dunkle Treppenhaus. Dann stand sie vor der Eingangstür des Büros. In großen Buchstaben stand dort *Immobilien Schnoor*. Hier war sie richtig. Paul hatte ihr leider nicht sagen können, ob es im Gebäude eine Alarmanlage gab. Die Frage seiner Geliebten zu stellen, wäre zu auffällig gewesen. Lisa hatte sich überlegt, falls ein Alarm losgehen sollte, sobald sie die Tür öffnete, wollte sie ihre Taschenlampe anknipsen, nach unten rennen und so schnell sie konnte verschwinden. Mit zitternder Hand steckte sie den Schlüssel in das Türschloss, drehte ihn herum, öffnete die Tür … und … nichts geschah. Lisa atmete hörbar aus. Vorsichtshalber sah sie sich im Eingangsbereich um. Bei einem ehemaligen Arbeitgeber von Lisa hatte es eine Alarmanlage gegeben, die nach dem Öffnen der Tür ausgestellt werden musste. Wenn man nicht innerhalb kürzester Zeit eine Taste drückte, ging der Alarm los. Lisa fand aber nichts, was auf solch eine Anlage hindeutete, und war beruhigt.

Um sich in der Dunkelheit zu orientieren, brauchte Lisa ein paar Minuten. Den Empfang ließ sie hinter sich und sah, dass es nicht viele Räume in diesem Büro gab. In einem großen Raum waren die Schreibtische durch Sideboards getrennt. Es gab insgesamt sieben Arbeitsplätze. Das würde die Suche erleichtern. Lediglich das Büro von Herrn Schnoor lag in einem separaten Raum. Lisa begann mit ihrer Suche am Empfang, fand aber nichts. *Das wäre auch zu einfach gewesen*, dachte sie. Lisa hatte gehofft, das Gutachten läge vielleicht noch in der Eingangspost oder in einer Mappe für Herrn Schnoor. Eine Postmappe gab es tatsächlich, oben drauf stand *Herr Schnoor* und es lagen Briefe aus den letzten Tagen darin, aber kein Gutachten. Vorsichtshalber hatte Lisa eine zusätzliche Fälschung des Gutachtens mitgenommen, um sie gegen die Version, die Herr Schnoor bekommen hatte, zu tauschen.

Nach einer Stunde war Lisa sich sicher, dass es hier kein Gutachten gab. Sie hatte alles abgesucht. Sämtliche Schreibtischschubladen von Herrn Schnoor waren nicht verschlossen gewesen und sie hatte alle Papiere durchgesehen – kein Gutachten. *Vielleicht hat Jan gebluftt*, schoss es Lisa durch den Kopf. Mit der Taschenlampe war die Suche langwierig, und ehrlich gesagt hatte sie keine Lust mehr, noch mal von vorne anzufangen.

Vielleicht haben die das Gutachten eingescannt und weggeworfen? Oder der Investor hat es nur per E-Mail bekommen. Lisa war unschlüssig. Mittlerweile fühlte sie sich sicher und schrak nicht mehr bei jedem Geräusch zusammen. *Okay, wenn ich schon mal hier bin*, dachte sie und startete den Computer von Herrn Schnoor.

»Mist«, fluchte Lisa und starrte auf das Display, das sie aufforderte, ein Passwort einzugeben. *War eigentlich klar*, dachte Lisa und suchte unter der Schreibtischunterlage nach einem Zettel. Als sie dort nichts fand, suchte sie im Schreibtisch weiter, gab dann aber auf. Lisa beschloss, es noch am Rechner im Empfangsbereich zu versuchen. Aber auch dort war alles passwortgeschützt und kein unachtsam abgelegter Zettel mit Passwort in Sicht.

Das war es dann wohl, Frau Einbrecherin. Dann sah sie einen Ablagekorb, der ihr vorher nicht aufgefallen war. Sie leuchtete mit der Taschenlampe hinein und fand ein zusammengefaltetes DIN-A-3-Blatt. Lisa erkannte sofort, was sie dort gefunden hatte. Eine Liste mit sämtlichen aktuellen Bauprojekten. Darauf standen fein säuberlich die Projekte und ihr Status aufgelistet, die Adresse der Baugrundstücke und einige andere Daten. Jedes Projekt hatte eine Nummer bekommen und am Ende jeder Zeile las Lisa eine Ablagenummer. Mit dem Zettel in der Hand begann Lisa zu suchen. Tatsächlich fand sie auf den Schränken im hinteren Teil des Büros entsprechende Nummern auf den Türen. Sie hatte die Ablage der Bauprojekte gefunden. Lisa suchte mit dem Finger auf der Liste nach dem Campingplatzprojekt. Sofort fand sie es und suchte nach dem Schrank mit Bauvorhaben B-045-2017. Lisa öffnete den Schrank. Nur einen Ordner gab es zum Projekt. Aufgeregt zog sie ihn heraus. Doch sie wurde enttäuscht – kein Gutachten. Im Ordner waren nur ein paar Blätter abgeheftet, unter anderem einige ausgedruckte E-Mails zur Terminvereinbarung mit Jan. *Wieso drucken die E-Mails aus?*, schoss es Lisa durch den Kopf. Außerdem fand sie einige Quittungen von einem teuren Restaurant in Anbrück. Darauf hatte jemand notiert *Treffen mit Bürgermeister Pippenbrock.* Sieh mal einer an, hatte sie es sich doch gedacht.

Als Lisa den Schrank schließen wollte, sah sie, dass es noch kleinere Fächer darin gab. In einem lag eine große Papierrolle. Lisa zog sie heraus.

Dann sehe ich mir mal an, was aus unserem guten Campingplatz werden soll, dachte Lisa, ging zu einem der Sideboards und faltete die Pläne auseinander. Immer wieder beleuchtete sie jeden Winkel auf den Plänen. Und war sprachlos. *Das sind definitiv keine Familienhäuser, das sind überhaupt gar keine Häuser. Ich fasse es nicht.* Ohne zu zögern, holte Lisa ihr Smartphone aus der Tasche und begann alles zu fotografieren. *Das muss ich Jan und den anderen zeigen. So ein Betrüger.* Leider war es schwierig, die großen Pläne auf ein Foto zu bekommen, deshalb lichtete Lisa gewissenhaft alles in mehreren einzelnen Bildern ab. Lisa war hochkonzentriert. Plötzlich hörte sie ein Geräusch. Das Licht im Büro ging an.

44

Der erneute Streit mit Lisa ließ Jan keine Ruhe. Seit gestern dachte er ständig daran, dass Lisa offenbar gar nicht gewusst hatte, dass er seit zwei Jahren Witwer war. Also war sie bei ihrer Rettung im See davon ausgegangen, dass er verheiratet war. Jan fragte sich, ob sie deshalb so aggressiv reagiert hatte, nachdem sie sich gerade erst näher gekommen waren.

Und dann diese Geschichte mit der eventuellen Fälschung des Gutachtens. Das hatte er Lisa einfach so an den Kopf geworfen, obwohl er es nicht beweisen konnte. Jan wollte nun endgültig alles mit Lisa klären und beschloss, zu ihr zu fahren, um sie zum Essen einzuladen. Vielleicht würden sie es im Restaurant schaffen, in Ruhe über alles zu reden.

***

Am Mobilheim angekommen, sah Jan jemanden am Tisch auf Lisas Terrasse sitzen. Damit hatte er nicht gerechnet. Er wusste im Grunde immer noch nicht, ob Lisa liiert oder vielleicht sogar verheiratet war, oder, ob sie vielleicht doch mit dem Gutachter zusammen war. Jan bemerkte erst auf den zweiten Blick, dass der Mann sehr jung war. *Das wird doch wohl kein Kunde sein*, schoss es Jan durch den Kopf.

Der junge Mann winkte ihm zu.

»Hallo! Willst du zu Lisa?«

»Eigentlich schon. Ist sie da?«

»Nein, ich hab ein paar Mal geklopft, aber sie ist nicht zu Hause.«

Jan beäugte den Mann argwöhnisch.

»Ach, ich hab mich noch gar nicht vorgestellt. Ich bin Paul, der Nachbar von Lisa. Da drüben steht mein Wohnwagen.«

Jan stellte sich ebenfalls vor, nannte allerdings seinen Vor- und Nachnamen.

»Ach stimmt, du bist der Tappe. Ich habe dich auf der Demo gesehen. Irgendwie kamst du mir doch gleich bekannt vor.«

»Genau der bin ich«, antwortete Jan gereizt. Er mochte es nicht, wenn Fremde ihn gleich duzten.

»Bist du mit Lisa verabredet?«, fragte der junge Mann neugierig.

»Geht dich das was an?«

»Oh, nein, nein, so war das nicht gemeint, natürlich nicht, entschuldige.«

Beide schwiegen.

»Ich mache mir halt Sorgen«, erklärte Paul.

»Sorgen? Um Lisa?«

»Ja. Sie sollte längst wieder hier sein.«

Jan sah Paul verwirrt an.

»Warst du mit ihr verabredet?«

»Ich?«, fragte Paul erstaunt. »Nein, war ich nicht.«

»Wieso machst du dir dann Sorgen? Das verstehe ich nicht?«

»Na ja, also … irgendwie war es ja meine Idee … hätte ich Lisa das bloß nicht vorgeschlagen. So ein Mist!«

Paul rutschte nervös auf dem Stuhl hin und her. Jan entging sein bedrückter Gesichtsausdruck nicht. Irgendetwas stimmte hier nicht.

»Nun sag schon, was hier los ist«, forderte Jan ihn auf.

Paul sah Jan unentschlossen an.

»Wir kennen uns doch gar nicht. Du beantwortest ja noch nicht einmal die Frage, ob du mit Lisa verabredet warst.«

Jan gab Paul eine kurze Zusammenfassung, warum er Lisa besuchen wollte. Daraufhin begann auch Paul zu erzählen. Zehn Minuten später wusste Jan Bescheid. Er war sprachlos.

»Sie ist wo?«

»Na ja, im Büro vom Investor«, sagte Paul kleinlaut.

»Ich glaube es nicht. Der Investor hat kein Gutachten, das habe nur ich bekommen und ich hab es auch noch nicht weitergeleitet. Lisa sucht da umsonst.«

»Warum hast du Lisa denn gesagt, dass der Schnoor auch eines bekommen hat?«

»Ich war sauer«, gab Jan zu.

»Selbst wenn Lisa den Laden zweimal komplett durchsucht hätte, müsste sie schon längst wieder hier sein. Ich hab mittlerweile Angst, dass da was passiert ist.«

Die hatte Jan nun allerdings auch.

»Wann sagst du, ist sie dort hingefahren?«

»Mitbekommen habe ich es nicht, ich war unterwegs. Aber ich hab vorhin Greta getroffen. Sie hat mir

erzählt, dass sie Lisa mit dem Rad so um Acht hat weg-
fahren sehen.«

»Jetzt ist es nach zehn. Da stimmt was nicht!«

Paul sah nachdenklich auf den Boden.

Jan dachte nicht lange nach.

45

*W*as machen Sie da?«

Lisa fuhr es durch Mark und Bein. Vertieft in die Pläne hatte sie nicht bemerkt, dass jemand hereingekommen war. Lisa nahm erst jetzt das gleißende Licht im Raum wahr und blickte in das verärgerte Gesicht von Herrn Schnoor.

»Ich, äh, ja.« Lisa wusste nicht, was sie sagen sollte.

»Wie sind Sie überhaupt hier rein gekommen?«

»Mit dem Schlüssel.«

Zumindest diese Frage konnte Lisa beantworten, obwohl die Antwort Herrn Schnoor nicht zu beruhigen schien.

»Mit was für einem Schlüssel?!«, schrie der Investor Lisa an. Seine Gesichtsfarbe wechselte in puterrot.

Bluthochdruck, schoss es Lisa durch den Kopf, dabei gab es im Moment wirklich Wichtigeres. Lisa sah sich blitzschnell im Büro um. Herr Schnoor blockierte durch seine massige Gestalt den Weg in Richtung Ausgang. Keine Chance. Sie würde es nicht schaffen, an ihm vorbei nach draußen zu rennen, obwohl Lisa genau das am liebsten machen würde.

»Ach, der Schlüssel … ja, den hab ich … gefunden.«

Lisa grinste in sich hinein ob ihrer Dreistigkeit. Was sollte sie auch antworten? Den hat mir mein Nachbar auf dem Campingplatz geliehen und der hat ihn von ihrer Frau gestohlen, die mit ihm eine leidenschaftliche Affäre hat? Unmöglich.

»Gefunden??! Sie sind wohl nicht ganz bei Trost. Wollen Sie mich verarschen?«, wetterte Herr Schnoor.

Das war Lisas Einsatz.

»Apropos verarschen, Herr Schnoor. Was sind denn das hier überhaupt für Pläne?«

»Was wollen Sie mit den Bauplänen? Was fällt Ihnen ein!«

»Das frage ich Sie, Herr Schnoor? Die geplante Bebauung sieht mir nicht nach Familienhäusern aus!«

»Das geht Sie nichts an!«

Der Investor sprach nicht nur immer lauter, sondern kam auch immer näher. Lisa überlegte fieberhaft. *Der ist total unsportlich, aber in einem Kampf habe ich keine Chance gegen ihn*, schoss es ihr durch den Kopf.

»Doch! Das geht mich verdammt noch mal was an!«, schrie Lisa zurück.

Das schien Herrn Schnoor zu beeindrucken, auf jeden Fall wich er einen Meter zurück. *Hätte ich bloß mein Pfefferspray mitgenommen*, dachte Lisa verzweifelt.

Sie holte tief Luft:

»Herr Schnoor, ich wohne auf dem Campingplatz und wenn dort gebaut wird – egal, ob Häuser oder was anderes –, verliere ich meinen Wohnplatz. Das mag sich für sie profan anhören, aber für mich ist mein Mobilheim extrem wichtig. Ich kann Ihnen das …«

»Und deshalb brechen Sie in mein Büro ein?«, schrie Herr Schnoor dazwischen.

»Ich kann Ihnen das gerne erklären, Herr Schnoor, wenn Sie möchten.«

»Sie erklären mir gar nichts mehr! Ich rufe die Polizei!«

Er griff nach dem Telefon, das auf dem Schreibtisch neben ihm stand.

Lisa bekam Panik. Mit einem Satz sprang sie zu Herrn Schnoor. Der sah sie verblüfft an, reagierte aber nicht schnell genug. Diese Sekunde nutzte Lisa und riss den Stecker des Telefons heraus. Die Gesichtsfarbe des Investors wechselte in Dunkelrot und es kam zu einem Handgemenge. Lisa schrie und wehrte sich, doch der dicke Mann packte sie am Arm und hielt sie fest. Dann legte er seinen anderen Arm um ihren Hals und drückte seine Hand auf ihre Schulter. Plötzlich sah Lisa noch eine andere Hand …

46

*L*isa spürte, wie sich der Griff von Herrn Schnoor lockerte. Sie sah sich um und traute ihren Augen nicht – dort stand Jan.

»Herr Schnoor, ich muss doch sehr bitten«, schrie Jan.

Der Investor schien genauso überrascht wie Lisa und ließ von ihr ab.

»Herr Tappe, was machen Sie denn hier?«

»Das erkläre ich Ihnen gleich. Lisa, ist alles in Ordnung mit dir?«

»Ich glaube schon«, antwortete Lisa außer Atem.

»Und wie sind Sie hier rein gekommen?«, fragte Herr Schnoor. »Haben Sie etwa auch einen Schlüssel zu meinem Büro?«

Er warf Lisa einen verächtlichen Blick zu.

»Nein. Die Tür war nur angelehnt«, erwiderte Jan.

»Kein Wunder. Ich wollte nur ein paar Papiere holen. Dabei hab ich diese Person hier vorgefunden.«

Herr Schnoor lief wieder rot an. Verstohlen blickte er zu den Plänen auf dem Sideboard.

»Jetzt muss ich auch dringend los«, sagte Herr Schnoor entschlossen.

Jan sah ihn überrascht an. Lisa verstand sofort, warum er plötzlich so versöhnlich daher kam.

»Jan, sieh dir das hier mal an.«

Lisa hob einen der Pläne vom Boden auf, der wohl im Eifer des Gefechtes herunter gefallen war.

»Die Pläne gehen Sie nichts an!«, wetterte Herr Schnoor los. »Das hab ich Ihnen vorhin schon gesagt.«

»Doch! Die gehen uns sehr wohl was an!«, schrie Lisa. »Die gehen vor allem Herrn Tappe was an, der denkt nämlich, dass Sie auf seinem Grundstück Familienhäuser bauen wollen. Herr Tappe ist bestimmt nicht damit einverstanden, dass Sie auf dem Gelände Hähnchenmastställe bauen wollen, während er seinen Hof auf Bio umstellt!«

»Was?«, rief Jan entsetzt.

»Ja. Sieh dir die Pläne an, da ist kein einziges Familienhaus eingezeichnet. Alles Stallanlagen.«

Jan überflog die Pläne.

»Sie spinnen wohl!«

Alle sahen zur Eingangstür.

»Ich räume meinen Wohnwagen doch nicht, weil Sie da Hähnchenställe hinbauen wollen!«

»Wer sind Sie denn jetzt noch?«, schrie Herr Schnoor und schnappte sichtlich nach Luft.

Bevor Paul antworten konnte, fuhr Jan bereits den Investor an: »Sie haben also versucht, unter Vorspiegelung falscher Tatsachen mein Grundstück zu kaufen?«

Im Gesicht des Investors war keine Spur von Verlegenheit zu sehen.

»Was heißt hier falsche Tatsachen? Was ich dort baue, ist meine Sache. Sie bekommen doch Ihr Geld, warum regen Sie sich auf? Mir ist das doch völlig egal, wie die Hühner da aufgezogen werden. Im Kochtopf interessiert das doch niemanden mehr. Nur weil Sie einen auf Gutmensch machen und auf Ihrem Biohof die

Hühner frei rumlaufen, müssen andere das ja nicht auch so praktizieren. Hähnchenmastställe sind schließlich nicht verboten! Mein Kunde sucht ein Grundstück für seine Mastställe, also bekommt er ein Grundstück für seine Mastställe.«

»Haben Sie sich so einen Stall mal von innen angesehen?«, fragte Jan entrüstet.

Herr Schnoor winkte lapidar ab.

»Die Tiere leiden in einem Maststall von Geburt an, bis sie geschlachtet werden. Sie wissen doch gar nicht, wovon Sie da reden. Wenn ich gewusst hätte, was Sie in Wirklichkeit planen, hätte ich gar nicht erst mit Ihnen verhandelt.«

Der Investor grinste schief.

»Ach, das war Ihnen also klar?« Jan war total perplex. »Ich fasse es nicht.«

Herr Schnoor reagierte erneut mit einer wegwerfenden Handbewegung.

»Wer ist denn Ihr Kunde?«, fragte Jan.

»Das geht Sie nichts an!«, wetterte Herr Schnoor.

»Warte mal, Jan, das steht hier.«

Lisa suchte mit ihrem Finger auf dem Plan den Eintrag und zeigte ihn Jan.

»Ach nee, da haben wir es ja. Der Herr Freiherr von Weißberg. Das ist doch Ihr Schwager, wenn ich mich richtig entsinne. Dem haben Sie doch vor Jahren diese marode Immobilie angedreht. Lisa, dem gehören fast alle Ställe im Umkreis von zweihundert Kilometern. Na, da kann ich mir gut vorstellen, dass Sie dem noch einen

Gefallen schulden. Aber nicht mit meinem Grundstück!«

Herr Schnoor zupfte nervös an seinem Hemdkragen herum.

»Mir reicht das jetzt, meine Herrschaften. Ich rufe die Polizei, mal sehen, was die dazu sagt, dass diese Frau hier eingebrochen ist.«

Er zog sein Smartphone aus der Hosentasche.

Mist, da nützt Kabel herausreißen jetzt nichts, dachte Lisa. Sie würde sich allerdings auch nur ungern Herrn Schnoor noch einmal nähern. Kurzerhand griff sie zu dem Tacker, der vor ihr auf dem Sideboard stand, holte aus und zielte ...

Mit einem lauten *Buff* fiel Herr Schnoor hintenüber.

»Lisa!«, rief Jan.

»Oh Gott«, entfuhr es Paul.

Jan und Paul sahen Lisa entsetzt an.

»Was hätte ich denn tun sollen?«, verteidigte Lisa sich.

Jan war als Erster bei dem Umgefallenen. Gekonnt fühlte er den Puls des Investors und untersuchte die Wunde am Kopf.

»Nichts Schlimmes«, diagnostizierte Jan.

Lisa meinte noch ein leider gehört zu haben.

Jan tuschelte mit Paul, während Lisa die Pläne zusammenrollte.

Die beiden Männer trugen Herrn Schnoor hinaus.

»Was habt ihr mit dem vor?«, fragte Lisa verwundert.

»Wir fahren ihn vorsichtshalber ins Krankenhaus«, sagte Paul.

»Kommst du mit?«, frage Jan.

»Nein. Mein Fahrrad steht unten.«

***

Jan und Paul hievten Herrn Schnoor in Jans Auto. Bevor Jan einstieg, kam er zu Lisa herüber, die gerade auf ihr Fahrrad stieg.

»Hier gab es übrigens kein Gutachten!«, stellte Lisa fest. Ein leicht anklagender Ton schwang in ihrer Stimme mit.

»Lisa, hör mal, lass uns nachher in Ruhe reden, ja?« Jan sah Lisa direkt in die Augen.

»Was hast du dir nur dabei ...«, setzte Lisa an. Doch dann besann sie sich eines Besseren und stimmte Jans Vorschlag zu.

»In einer halben Stunde bei mir zu Hause?«

Lisa nickte und fuhr los.

47

Seit einer Stunde wartete Lisa auf der Bank vor Jans Bauernhaus. *Komisch, wieso dauert das so lange*, fragte Lisa sich. Hoffentlich hatte sie Herrn Schnoor nicht doch ernsthaft verletzt. Mittlerweile machte sie sich Vorwürfe, dass sie dem Investor so impulsiv den Tacker an den Kopf geworfen hatte. Das hätte böse enden können. Dann hörte sie Jans Auto auf den Hof fahren.

»Tut mir Leid, Lisa, hat länger gedauert«, rief Jan ihr entgegen, als er aus dem Auto stieg.

»Ist was Schlimmes mit Herrn Schnoor?«, fragte Lisa.

»Der? Nein, mach dir keine Sorgen.«

Lisa sah Jan fragend an.

»Der ist nach ein paar Minuten auf der Rückbank im Auto aufgewacht und fing direkt wieder an zu schreien. Dem geht es gut.«

»Puh. Ich hatte schon Angst, er hätte vielleicht doch mehr abbekommen.«

»Nein, hat er nicht, keine Angst. Aber die Aktion mit dem Tacker hätte auch anders ausgehen können.«

»Ja. Ich hab mir auch schon Vorwürfe gemacht«, antwortete Lisa kleinlaut.

»Komm erst mal rein.«

Lisa war noch nie auf dem Hof gewesen und staunte über die Größe. Von außen sah das Haus kleiner aus. Sie gingen durch eine Diele und gelangten in eine riesengroße Wohnküche.

»Wow! Hier sieht es aus wie in *Schöner Wohnen*«, stellte Lisa fest.

»Das hat alles meine verstorbene Frau eingerichtet, mir gefällt es aber auch.«

»Oh.«

»Kein Problem. Mittlerweile kann ich über sie reden, ohne gleich in Trauer zu versinken. Möchtest du ein Bier oder lieber einen heißen Tee?«

»Gibt's auch Tee mit was drin?«

Jan lachte.

»Ja, gibt es.«

Lisa und Jan setzten sich gegenüber an den Küchentisch, zwischen ihnen stand eine Kanne mit frisch aufgebrühtem Tee und eine Flasche Rum. Lisa nahm einen großen Schluck von ihrem Tee mit viel Schuss.

»Das mit dem Gutachten beim Investor war gelogen, hab ich Recht?«, fragte Lisa.

»Ja, tut mir leid, Lisa. Aber ich war in dem Moment so sauer. Da ist es mir rausgerutscht.«

»Mhm.«

»Wie kann ich denn ahnen, dass du zum Büro fährst und dort einbrichst.«

»Ich hatte einen Schlüssel!«, verteidigte Lisa sich.

Jan grinste.

»Okay, dann eben, dass du mit dem Schlüssel in das Büro gehst. So besser?«

Lisa lächelte. »Ohne meinen Einbruch würdest du immer noch denken, dass der Schnoor da Familienhäuser bauen will.«

»Das ist wirklich eine Unverschämtheit. Der Schnoor hat mir gegenüber immer betont, wie wichtig er es fände, dass junge Familien günstige Grundstücke zum Bauen erwerben könnten. Er wollte die Preise klein halten, damit nicht nur die mit den großen Gehältern sich die Häuser leisten könnten.«

»So ein Lügner.«

»Zum Glück ist noch nichts unterschrieben.«

»Und was machst du jetzt?«, fragte Lisa vorsichtig.

»Das weiß ich noch nicht.«

Lisa sah Jan enttäuscht an.

»Also dem Schnoor verkaufe ich mein Grundstück auf gar keinen Fall. Ich muss erst mal alles neu überdenken.«

Lisa schöpfte Hoffnung, vielleicht konnte sie doch in ihrem Mobilheim bleiben.

»Du hast das Gutachten gefälscht, oder?«

Lisa sah in ihren Tee und nickte kaum sichtbar.

»Also ist der Boden nicht verseucht? Oder was stand in dem richtigen Gutachten?«

»Nichts. Kein kontaminierter Boden. Dort kann ohne Bedenken gebaut werden«, antwortete Lisa sehr leise. Sie rührte mit dem Löffel im Tee, obwohl der Rum, den sie hineingetan hatte, längst aufgelöst war. »Jan, ich war total erleichtert, als ich herausgefunden habe, dass dort die Lackfabrik gestanden hat. Da dachte ich *bingo*, das ist die Lösung. Und dann finden die nichts im Boden.«

»Ich hab mir sowieso schon sowas gedacht. Irgendwie hatte ich ein komisches Gefühl, als ich von dem Unfall mit dem Postboten erfahren habe.«

»Schlau warst du ja schon immer.«

Lisa lächelte.

Jan schwieg einen Moment.

Dann sagte er: »Damals nicht.«

Lisa sah Jan überrascht an.

»Was meinst du mit damals?«

»Das kannst du dir doch denken. Ich hätte dich nie gehen lassen dürfen.«

»Du hast mich nicht gehen lassen – du hast mit mir Schluss gemacht!«

Lisa spürte, dass die alte Verletzung zwar vernarbt war, aber dennoch schmerzte.

»Ich weiß. Ich war verletzt, weil du mit dem aus der Parallelklasse was hattest. Das konnte ich in dem Alter nicht gut verkraften. Ich war total enttäuscht und habe gedacht, dass du nicht wirklich was für mich empfinden kannst, wenn du dich auf so jemanden einlässt. Ich meine so einer, den alle Mädchen anhimmeln.«

»Moment mal, mit wem hatte ich was?«, fragte Lisa empört.

»Mit dem Typen aus der Parallelklasse, ich weiß nicht mal mehr, wie der hieß. Du warst doch in der A, ich in der B. Ich glaube, der kam aus der D-Klasse. Den haben alle nur den Blonden genannt, wegen seiner strohblonden Matte. Der, der immer mit dem schicken roten Auto zur Schule kam.«

»Du meinst Andreas?«

»Kann sein, dass er so hieß.«

Lisas Gedanken rasten wie auf einer Achterbahn.

»Jan, ich hatte nie was mit dem.«

Jan schaute Lisa verwirrt an.

»Nein?«

»Nein!«

»Aber deine Freundin. Wie hieß die noch? Die mit den braunen langen Haaren? Beate? Die hat es mir erzählt.«

Lisa wusste nicht, ob sie wütend oder traurig sein sollte.

»Was? Die hat dir erzählt, ich hätte was mit dem Blonden gehabt?«

»Ja. Ich hab dich damals gesucht, als wir verabredet waren, wir wollten an dem Tag nach Anbrück trampen und Karten kaufen für das Festival. Weißt du noch? Aber du kamst nicht und da hab ich Beate gefragt, ob sie dich gesehen hätte. Sie hat mir erzählt, du wärst mit dem Blonden weggefahren. Und ob ich denn noch nichts davon mitbekommen hätte, dass ihr ...«

»Das glaube ich jetzt nicht.«

»Sag mir bitte die Wahrheit, Lisa.«

»Die Wahrheit ist, dass ich an dem Tag mit unserem Klassenlehrer reden musste, wegen eines Klassenbucheintrages von einer Mitschülerin. Ich war doch Klassensprecherin. Der hatte nur nach der letzten Stunde Zeit. Ich dachte, es würde nicht lange dauern, zog sich dann aber hin. Als ich rauskam, warst du weg. Daran erinnere ich mich genau, weil du seitdem nicht mehr mit mir gesprochen hast und zwei Wochen später hast du eine andere auf dem Schulhof geküsst.«

Jan starrte Lisa an.

»Aber ich hab dich ein paar Tage danach zu dem ins Auto steigen sehen.«

»Er wohnte bei uns um die Ecke. An dem Tag hatte ich tatsächlich die Ehre, von ihm mitgenommen zu werden. Aber ich war doch nicht mit dem zusammen!«

»Oh, Gott«, entfuhr es Jan.

Lisa sprang auf und ging in der Küche auf und ab.

»Das gibt es doch nicht, Jan. Wir haben uns aus den Augen verloren, weil diese blöde Kuh von Beate dir so einen Mist erzählt hat?«

»Sieht ganz danach aus.«

»Jan, Beate war in dich verliebt. Sie war vom ersten Tag an total eifersüchtig.«

Jan wirkte nachdenklich.

»Jetzt wo du es sagst. Danach war sie auffallend oft in meiner Nähe und das ließ erst nach, als ich eine Neue hatte.«

»Warum hast du mich damals nicht gefragt?«

»Ich wollte mit dir reden, aber ich hab es nicht hinbekommen. Weißt du, wie verletzt ich war?«

»Ich hab ein paar Mal versucht, bei dir anzurufen. Ständig war nur deine Mutter am Apparat und hat mich abgewimmelt.«

»Dann kam der Abistress und alle waren nur noch mit Lernen beschäftigt. Ich hatte mir fest vorgenommen, nach den Prüfungen mit dir zu reden, aber du warst nicht mal mehr auf der Abifeier. Zu dem Zeitpunkt hattest du bereits alles in die Wege geleitet und bist nach Süddeutschland abgehauen.«

»Stimmt, ich wollte nur noch weg aus Lengburg. Obwohl noch gar nicht sicher war, ob ich den Studienplatz in München überhaupt bekomme.«

Jan stand auf und nahm Lisa fest in seine Arme. Lisa schmiegte sich an ihn.

»Was wohl sonst aus uns geworden wäre?«, fragte Lisa.

»Wer weiß. Nützt jetzt aber nichts mehr. Lass uns einfach nach vorne schauen.«

Sie standen eine Weile eng umschlungen. Jan beugte sich zu Lisa und wollte sie küssen. Doch kurz vorher hielt er inne.

»Ich möchte nicht, dass wir mit Missverständnissen neu anfangen …«

»Was meinst du?«

»Bist du mit dem Gutachter zusammen?«

Lisa sah Jan verwundert an.

»Mit Volker? Nein, wie kommst du darauf?«

»Ihr saht so vertraut aus im Restaurant. Außerdem war das doch irgendwie ein komischer Zufall, dass du den Gutachter kennst, den ich beauftrage.«

»Ich hab schließlich auch Geologie studiert, genau wie Volker. Aber nein, wir sind nur gute Freunde.«

Jan sah Lisa skeptisch an.

»Jan, Volker ist schwul. Er hat eine schlimme Trennung hinter sich. Deshalb ist er auf diesen Trail in die USA gefahren.«

Jan blickte Lisa erleichtert an.

»Jetzt hab ich auch eine Frage«, sagte Lisa.

»Frag mich alles, was du willst.«

»Du bist Single, oder?«

»Ja, natürlich, sonst würde ich doch nicht … wieso siehst du mich so fragend an?«

»Vor ein paar Wochen …«, Lisa winkte ab, »ach ist egal.«

»Nein, ist nicht egal.«

»Ich wollte mit dir reden und als ich in der Einfahrt angekommen war, hab ich eine Frau gesehen, die du am Auto verabschiedet hast. Es sah sehr innig aus. Ich bin stehen geblieben und dann umgekehrt.«

Jan runzelte die Stirn.

»Was war das für ein Auto?«

»Ein blauer Golf.«

Jan lachte.

»Ach nein, Lisa. Das ist die Pflegekraft für meinen kranken Schwiegervater. Wir kennen uns aus der Zeit, in der meine Frau im Krankenhaus lag. Sie war dort Krankenschwester. Einige Zeit später ist sie auf Altenpflege umgestiegen und hat sich selbstständig gemacht. Deshalb sah es so vertraut aus.«

Lisa strahlte Jan an.

Jan lächelte erleichtert und setzte sein Vorhaben von vorhin in die Tat um. Diesmal blieb es nicht bei einem Kuss …

48

*A*m nächsten Morgen saßen Lisa und Jan müde, aber glücklich, am Frühstückstisch auf der Terrasse des Bauernhauses.

Lisa empfand den letzten Abend, die Nacht und das gemeinsame Frühstück wie eine verspätete Fortsetzung ihrer Beziehung aus der Jugend. Trotz der langen Pause fühlte sich alles sehr vertraut an.

»Wenn du möchtest, kannst du mir helfen, den Hof auf Bio umzustellen, da wartet eine Menge Arbeit auf mich.«

»Dazu hätte ich richtig Lust«, antwortete Lisa, ergänzte aber: »Sag mal, wollen wir uns nicht erst mal langsam wieder annähern, bevor wir Zukunftspläne schmieden?«

Jan schaute Lisa mit ernster Miene an.

»Es lagen so viele Jahre zwischen unserem Missverständnis und heute, ich möchte ab jetzt jeden Tag und jede Stunde mit dir genießen.«

Lisa schob die Butter und den Käse auf dem Tisch zur Seite und lehnte sich zu Jan hinüber, um ihn zu küssen.

»Hoffentlich weißt du, was du dir da eingebrockt hast«, scherzte Lisa.

Jan sah sie erneut ernst an.

»Keine Fälschungen mehr! Darin sind wir uns hoffentlich einig?«

»Klar, jetzt gibt es ja auch kein Gutachten mehr«, lachte Lisa.

»Das meine ich nicht, ich dachte an deinen Nebenverdienst«, sagte Jan mit kräftiger Stimme.

Lisa verschluckte sich fast an einem Brötchenkrümel und hustete.

»Oh. Das meinst du. Ja, damit höre ich auf.«

Jan nickte zufrieden.

»Oder, du steigst mit ein. Du hast doch Agrarwirtschaft studiert. Da suchen sie ab und zu auch jemanden, der eine gute Masterarbeit schreiben kann.«

Jan grinste.

»Witzig, witzig, Frau Frey. Ist dir das Frühstück nicht bekommen?«

»Am Frühstück gibt es nichts auszusetzen.«

Lisa hob das Proseccoglas und trank den Rest aus.

Jans Smartphone klingelte.

»Nein, wieso?«, fragte Jan den Anrufer. »Wirklich?«

Jan sah Lisa entschuldigend an und ging zum Haus.

Mit einer aufgeschlagenen Zeitung in den Händen kam er zurück.

»Das war mein Nachbar. Er hat was in der Zeitung gelesen. Warte, hier hab ich es: *Bei einer offiziellen Begehung auf dem Campingplatz, bei der Naturschützer aus Lengburg anwesend waren, wurde festgestellt, dass auf dem Gelände Rauhautfledermäuse leben. Diese stehen unter Naturschutz und befinden sich auf der Roten Liste. Im alten Baumbestand am See haben die Rauhautfledermäuse in den Baumhöhlen ihr Quartier bezogen. Eine Bebauung des Grundstücks, wie von einem Investor geplant, ist ausgeschlossen. Vor ein paar Tagen hatten wir berichtet, dass auf dem Areal um 1900 eine Lackfabrik gestanden hatte. Der*

Besitzer des Grundstücks hatte deshalb ein Bodengutachten in Auftrag gegeben ... und so weiter.«

»Das Projekt ist dann also gestorben, oder?«

»Sieht so aus. Allerdings habe ich bereits einen Plan B für das Grundstück.«

Lisa sah Jan ängstlich an, doch er winkte ab.

»Keine Angst, du kannst auf dem Platz wohnen bleiben.«

»Ach, was denn für ein Projekt?«, fragte Lisa neugierig.

»Das erzähle ich dir später«, erwiderte Jan.

»Warum nicht jetzt?«

»Jetzt haben wir was Besseres vor«, schmunzelte Jan.

Er zog Lisa sanft vom Stuhl und trug sie über die Schwelle des Bauernhauses.

49

Ein Jahr später.

*J*n der Hofeinfahrt kam Lisa Patrick auf dem Rad entgegen.

»Moin, Patrick.«

»Moin, Lisa. Am Samstag so früh unterwegs?«

»Ja. Die neuen Gäste reisen zeitig an. Hast du schon jemanden gesehen?«

»Nein, das ganze Luchs-Camp scheint noch zu schlafen. Nur unsere ehemalige Frau Schnoor hab ich beim Joggen getroffen.«

Lisa lachte.

»Saskia steht immer früh auf, aber Paul ist immer noch Langschläfer.«

»Die beiden sind ein tolles Paar.«

Lisa nickte schmunzelnd.

»Das war aber auch ein Ding letztes Jahr, als Jan und Paul den Schnoor eine Nacht im Hähnchenmaststall vom Piet eingesperrt haben, nachdem du ihn umgehauen hast.«

Patrick lachte.

»Umgehauen hab ich den nicht, es war nur ein Tacker ...«, entgegnete Lisa. »Ich kann mich noch gut daran erinnern, wie Herr Schnoor geschimpft hat, als wir ihn am nächsten Morgen rausgelassen haben. Wir können froh sein, dass er uns nicht angezeigt hat.«

»Na ja, aber so wie der den Jan belogen hat ...«

»Ist ja noch mal alles gut ausgegangen.«

Lisa blickte stolz auf das große Schild in der Hofeinfahrt. Darauf stand *Bio-Hof Tappe* und darunter *Ferien neben dem Bauernhof.*

»Nächste Woche hab ich wieder alle Mobilheime vermietet«, sagte Lisa.

»Deins auch?«, fragte Patrick.

»Ja. Ab und zu verbringe ich gerne noch mal eine Nacht drüben in meinem alten Zuhause. Jetzt natürlich mit Jan zusammen.«

Patrick lächelte.

»Nur im Moment ist ständig alles ausgebucht. Vielleicht sollten wir auf Dauer noch mehr Mobilheime aufstellen.«

»Das läuft doch super mit euren *Ferien neben dem Bauernhof.* War eine tolle Idee«, stellte Patrick fest.

»Stimmt. Wir sind froh, dass wir nicht den Hof umgebaut haben, wie wir es erst überlegt hatten, sondern auf die Idee gekommen sind, Mobilheime zu kaufen und zu vermieten. Unsere Gäste können ja auf dem Hof reiten und Tiere streicheln. Am Abend haben Jan und ich dann unsere Ruhe … Der Hofladen wirft mittlerweile auch einiges ab«, sagte Lisa.

Sie dachte daran zurück, dass Jan die Entscheidung, Geld von seinem Schwiegervater angenommen zu haben, nicht bereut hatte.

»Ist das eigentlich jetzt alles Bio bei euch?«

»Fast. Sowas geht nicht von heute auf morgen. Immerhin, die Galloway-Herde ist jetzt schon doppelt so groß.«

»Ach, ich wollte Fleisch zum Grillen mitnehmen«, fiel Patrick ein.

»Der Laden ist noch zu, aber Jan sitzt auf der Terrasse.«

***

Auf dem Weg zur Mobilheimecke von *Ferien neben dem Bauernhof* ging Lisa am See vorbei und genoss die ersten Sonnenstrahlen am Morgen. Sie fühlte sich glücklich und frei.

Dank

*J*ede Geschichte beginnt mit dem ersten Wort. Wie lang der Weg von dort bis zum fertigen Buch ist, weiß man erst, wenn das gedruckte Manuskript vor einem liegt. Dennoch macht es so viel Spaß, fantasievoll Wort an Wort und Satz an Satz zu reihen, bis der Roman zu Ende erzählt ist.

Ich danke allen, die mich dabei begleitet und unterstützt haben.

Mein besonderer Dank geht an …

… die Korrektorin mit dem schönen Namen Christiane Geldmacher

… Dr. Lutz Kreutzer, für seine nützlichen Tipps zur Geologie am Rande des Self-Publishing-Day in Düsseldorf

… den Autor Martin Barkawitz für seine tollen Kurse über das Schreiben und den Hinweis auf die Heinleinschen Regeln

… meine TestleserInnen Claudia Haring, Jörg Ebel und Gerhard Spinneker. Vielen Dank für die konstruktiven Anmerkungen und das Aufspüren von Ungereimtheiten im Plot. Danke, Claudia, dass du den Schreibfehler in *Reizverschluss* gefunden hast

... die AutorInnen Melanie Jungk, Rita Roth und Stefan Wellmann, für ihren fachlichen Rat und den lebhaften, mitunter sehr lustigen, kollegialen Austausch

... meine FreundInnen, weil sie mir das oft gebrochene Versprechen ›Bald hab ich wieder mehr Zeit‹ verzeihen

... Gerd, den wunderbaren Mann an meiner Seite. Danke für das unendliche Verständnis für meine Schreibleidenschaft – auch wenn ich nach der Ankündigung ›Ich geh mal kurz an den Laptop‹ erst nach Stunden wieder aus der Buchstaben- und Wörterwelt auftauche